DENTRO

Augusto Dalla Verde

ÍNDICE

PRÓLOGO

Um corpo no chão. Policiais invadem o recinto:

- Polícia!
- Senhor, se afaste do corpo lentamente e coloque suas mãos na cabeça - Robert ao lado do corpo olha suas mãos ensanguentadas. Sente um desconforto em seu abdômen. Coloca a mão, sente dor e tira a mão. Mais sangue escorre do ferimento.

"Toda sorte um dia acaba". Eu sempre soube que esse dia chegaria. Mas de todas as maneiras que imaginei, nunca previ que ela seria o motivo. "Quem é ela?", "Quem é Robert?" e "O que está acontecendo?" devem ser as perguntas na sua cabeça agora. Eu acho melhor começar do...

CAPÍTULO 1: MAL SUCEDIDO

Um alarme toca insanamente alto. Um indivíduo encapuzado corre por um jardim de uma linda casa nos Jardins, bairro nobre de São Paulo. De uma das janelas com vitrais importados, despenca outro indivíduo segurando uma bolsa.

- Corre, porra! - diz um deles.

Numa manobra arrojada, um ajuda o outro a subir pelo muro alto. O indivíduo ainda no chão joga a bolsa para o de cima do muro que depois de pegar a bolsa, o ajuda a subir. Algo cai da bolsa e some na grama. Um dos ladrões se desespera:

- Porra!
- Deixa quieto! Vamo!
- É a faca!
- Já era, irmão - Os dois vêem luzes se aproximando e pulam pra fora da propriedade.

Dois seguranças vestindo ternos, armados e segurando lanternas chegam até o muro.

- Central, deram fuga pelo muro ala oeste setor três!

Enquanto recupera o fôlego, o outro segurança ilumina uma faca com um cabo branco esculpido à mão.

Já no carro de fuga, o ladrão que dirige tira o capuz xingando:

- Caralho, porra, filha da p...
- Calma, bróder! A bolsa tá cheia - O ladrão passageiro checa lucro da aventura.
- Só caiu a faca. Têm ouro pá porra aqui!
- Ele avisou antes. Ele queria só a faca.

- Ele quem?

O ladrão motorista fala preocupado:

- Mano, melhor nem saber. Essa fita era cantada. Eu levava a faca pra ele e o resto era meu.

- Agora é nosso!

O ladrão motorista pega alguns ítens de dentro da bolsa. Um candelabro de ouro, um colar com diamantes.

- Calma, mano! Depois nóis divide.

- Com isso aqui eu me viro. O resto é seu.

- Jura? - ladrão passageiro ainda encapuzado se espanta e volta a bisbilhotar dentro da bolsa. O motorista freia forte. O encapuzado mete e cabeça no para-brisa.

- Ai ai, porra!

- Velho, se entoca. Passa a parada só daqui uns três meses lá no Mato-Grosso ou lá na Paraíba. Não inventa de desovar isso aí por aqui.

- Tu tá me deixando cabrêro, mano.

- Faz o que tô falando. Vaza! - Avança sobre o passageiro e abre a porta do carro. O encapuzado cumprimenta o motorista, colam a cabeça. Encapuzado:

- Ai! Tu rachou minha cabeça! - Sai do carro. O motorista arranca, saca o celular do bolso:

- Melhor rachada em cima do pescoço que no colo da sua mãe! - Tira o capuz. É um jovem de 20 e poucos anos. Cavanhaque e bem apessoado. Alguém atende a ligação do outro lado:

- Opa. Sou eu. Preciso te ver agora! Tô indo.

Desliga, pára o carro, tira o chip de seu celular, morde até inutilizá-lo e joga pela janela. Quebra o celular no painel e arranca com o carro. Quando atinge certa velocidade, atira o celular na frente do carro e passa por cima.

CAPÍTULO 2: AFIADA

Na Berrini, uma avenida que abriga grandes prédios comerciais em São Paulo, um homem com seus 50 anos, magro, com mais ou menos 1,80 de altura desce de um carro de aplicativo em frente a um enorme prédio de janelas de vidro. Ele está de terno azul completo sem gravata e porta uma pasta executiva.

Acho que pode ter acontecido desse jeito. O assalto, digo. Ah sim, sou eu: Robert. Você já vai descobrir mais coisas sobre mim em breve.

Do balcão na entrada, a recepcionista aponta os elevadores. Robert espera com mais pessoas. A recepcionista aponta para um segurança de terno sem identificação. Ele agradece com a cabeça e para em frente ao segurança. O segurança avisa pelo rádio a subida de um convidado, tira uma chave do bolso. A chave está presa a seu cinto. O segurança destrava o elevador. Robert observa que o elevador tem apenas poucos botões para andares: "Lobby", "Garagem executiva" e "Penthouse". A porta se abre. Dois seguranças o aguardam. Enquanto um o revista, o outro passa sua maleta por um "raio x" mais sofisticado do que de um aeroporto. O segurança que manuseia sua maleta olha para Robert.

- Ela é blindada - diz Robert sorrindo. O segurança indica para Robert abri-la.

Robert o faz. Na maleta, um laptop e alguns papéis grampeados. O segurança checa o conteúdo, coloca de volta na maleta e a devolve a Robert apontando o caminho a seguir.

Robert atravessa um enorme andar com escritórios e salas até chegar numa porta de vidro com mais um segurança. Robert acena, o segurança abre a porta. Da enorme varanda, entra um senhor baixinho com seus 80 anos num terno impecável e ao invés de gravata, um lenço:

- Senhor Robert!
- Bom dia senhor Villas Boas.
- Von Shimmer. É alemão não?
- Sim. Pelo menos a metade. Meu pai era alemão.
- A melhor parte então! - Ri o senhor baixinho enquanto cumprimenta Robert.

O que esperar de um anão bilionário português não? Mas vamos às cordialidades. Esse projeto de ser humano tem algo precioso em suas mãos. Por enquanto.

- Villas Boas…. é português, não é? - Responde Robert num sorriso irônico.
- Sim! Só partes…. boas! - Ri com seus dentes de porcelana irritantemente brancos.
- Vamos ao artefato? - Robert corta a conversa fiada. Solta sua mão do cumprimento e aumenta o sorriso até o limite do esquisito.

O senhor Villas Boas tira seu sorriso do rosto, mas supera rápido a inconveniência de Robert.

Ele só está me tolerando porque checou e revisou minhas credenciais. Além do nível da indicação. Eu não sei quem me indicou, mas conheço o meu meio. E ele não é muito "legal", digamos assim. Além de… Bom, vocês vão ler.

Senhor Villas boas acena para um segurança que traz uma maleta e a abre voltada para Robert. Dentro da maleta uma faca rústica, porém bela. Lâmina em aço antigo, punho (cabo) trabalhado esculpido a mão em madeira branca. Há ainda ornamentos de ossos no guarda-mão. Seu pomo é feito de pedra calcária. Robert estende a mão como pedindo para manuseá-la. O senhor baixinho de dentes irritantes autoriza com um gesto de cabeça e descreve a situação para Robert.

- Eu nem sabia que valia alguma coisa! Adquiri um lote

num leilão. Estava interessado numa...- faz uma pausa. Robert não precisa daquela informação.

-      ... em outras coisas do lote. E ela veio junto.

Robert manuseia a faca.

-      E como descobriu o valor dela? - Responde sem tirar os olhos do objeto.

Senhor Villas Boas tira a faca das mãos de Robert:

-      Durante uma vernissage em minha casa, ela foi subtraída junto com outras quinquilharias.

Robert olha em volta. Vê além do segurança com a maleta da faca, mais 2 seguranças na sala com eles e ainda 2 na varanda. Todos armados. Somando o do Lobby e os dois da entrada, mais o da porta de vidro, são 8.

-      Talvez você devesse deslocar alguns desses homens para a segurança de sua casa.

Senhor Villas Boas ouve, abaixa a cabeça e sorri.

-      Isso é um assunto que não lhe diz respeito, senhor Robert. A questão é que os objetos levados fazem parte de uma pilhagem normal. Jóias, peças de ouro...

-      Então eles levaram a faca sem saber? - Interpela Robert. Senhor Villas Boas responde sério:

-      Se este fosse o caso, eu não desconfiaria do valor dela. Mas...

Robert se interessa e fala apontando a Villas Boas:

-      Tem mais, não tem?

Senhor Villas Boas retoma o sorriso:

-      Como eu dizia, estávamos numa vernissage. Com pelo menos "vários alguns" quadros, como posso dizer, "raros" no mercado.

Ele quer dizer "roubados" caro leitor. Continue, senhor Villas Boas.

-      E esta faca estava lá, junto desses mesmos quadros. Numa caixa sem qualquer chamariz. Quadros valiosos chamariam a atenção de qualquer gatuno que conseguisse se infiltrar numa propriedade minha. Entende?

Robert puxa uma cadeira e senta.

- Mas eles deixaram os quadros e levaram...
- Isso - Interrompe Villas Boas empunhando a faca.

Robert se levanta, ajeita o terno.

- E o senhor quer saber o que há de tão importante nessa faca.

Robert tira o laptop de sua maleta. Faz uma rápida pesquisa e volta a tela para Villas Boas.

- Essa faca é uma antiguidade. - Sorrindo, Robert vai completar a frase:
- Dizem até que ela - Mas é interrompido por Villas Boas.
- Matou Júlio César. Pertencia a Brutus. Presente do próprio Júlio César.

Robert se espanta.

Eu fingi que me espantei.

Villas Boas se volta para Robert.

- Eu fiz minha pesquisa. E foi durante essa pesquisa que seu nome surgiu. O que me leva à próxima pergunta: como o senhor sabia que lhe chamei para avaliar um artefato? - Villas Boas alisa a lâmina em tom ameaçador e se corta. Gotas de sangue caem no chão do escritório.
- Eu vejo que continua afiada. - Robert continua:

Não apenas continuar, é hora de brilhar!

- Entenda, senhor Villas Boas. A minha especialidade é peculiar, no mínimo. Meus clientes são exclusivos como o senhor. E na maioria, "tímidos" eu diria. Um de meus clientes, um duque, faleceu há poucos meses. Suas filhas estavam desesperadas atrás de dinheiro antes que as autoridades dessem conta da falência do falecido e viessem atrás de suas posses. Portanto ofertaram às pressas um leilão ilegal num local mais brando com as leis de posse e origem de artefatos históricos. Essa pressa evitou que os artefatos fossem inventariados corretamente por algum especialista. A coleção foi dividida em lotes por peso e volume, veja só! Todos de mesmo valor. Para facilitar o trânsito sem despertar interesse de alfândegas portuárias ou aéreas mundo afora. O lote que o SENHOR adquiriu em Nassau faz parte da coleção do duque falecido. Eu diria que seu interesse no lote fosse talvez um Van Gogh nazista ou o Rembrandt. Mas como os lotes eram mistos e quadros são leves, o senhor teria que levar junto muito peso extra. - Robert sorrindo aponta a faca nas mãos de Villa Boas.

Nada disfarçadamente, os seguranças levam suas mãos às armas dentro do paletó. Villas Boas deixa a faca sobre a mesa, tira o lenço do pescoço. Um segurança oferece auxílio e ele recusa com um aceno, puxa uma cadeira e senta de costas para Robert enquanto amarra o lenço em sua mão.

- E o que o senhor acha que vai conseguir com essas falsas alegações?

Enquanto os seguranças com as 5 armas apontadas para Robert se aproximam, Robert tira papéis de sua maleta e se vira rapidamente assustando os seguranças.

- Como eu disse! Meus clientes não gostam de estar sob holofotes. Também como o senhor. Este é um contrato padrão de prestação de serviços.

Villas Boas se vira para Robert. Os seguranças olham para Villa Boas que acena para baixarem as armas.

- O que isso significa?

Robert está feliz. Dono da situação. Ele se senta e cruza as pernas com um sorriso franco no rosto.

- Significa que você está me contratando para averiguar a autenticidade do artefato. Eu mesmo já me deparei com diversas cópias dessa faca específica.

Senhor Villa Boas fala gaguejando.

- Eu... eu li... minha pesquisa... me informou isso.

- Portanto agora eu só preciso analisá-la.

- O senhor pode fazer isso agora?

Robert ri:

- Agora? Não. Preciso de tempo e do meu laboratório.

Villas Boas cerra os olhos. Robert continua.

- Meu trabalho é meticuloso. As cópias que achei utilizavam

até o mesmo ferro, o aço da mesma época da faca.

E como você descobriu a falsificação?

- Mesma época, lugares diferentes. Você vê? - Robert se torna extremamente prolixo - O aço romano... Bom, chamamos de aço mas na verdade ainda não é o aço como conhecemos hoje...

Villas Boas não está interessado em história.

- Tá, tá... Não me interessa. Eu preciso saber se é ela e quanto vale.

- Alguns dias em meu laboratório serão suficientes.

Robert estende a mão para pegar a faca mas uma mão ensanguentada enrolada num lenço é mais rápida. Villas Boas coloca a faca na maleta e fecha. O segurança algema a maleta ao seu punho. Villas Boas dá a ordem:

- Essa maleta não sai da sua mão. E seus olhos não saem da faca. - O segurança acena que sim com a cabeça.

Robert ouve e ri enquanto guarda suas coisas na maleta.

CAPÍTULO 3:
MELHOR

Sim, eu gosto de brincar com pessoas. Talvez pelo fato de não entender a palavra empatia. Ou quem sabe o que ela significa. Algumas coisas que sei sobre empatia seria tentar se colocar no lugar da outra pessoa. Sentir o que ela sente. compreender os sentimentos do próximo.

Viu? O que diabos isso significa? Ou talvez seja apenas eu. Afinal, nunca encontrei alguém que se encaixasse nessa categoria: "próximo". Mas divago. Por falar em brincar com as pessoas, uma e não em especial, é Milena.

Numa sala de espera, uma mulher bonita de 1,60 de altura, cabelos morenos cacheados até o meio das costas aguarda ansiosa ser chamada. Usa um colete bordô sobre camisa social. Ela divide a sala com um dorminhoco adolescente de dreads no cabelo, tatuagens coloridas e vestido todo de preto e uma recepcionista loira e sorridente pouco mais velha que o adolescente largado ao lado dela. Não consegue entender como trabalhar de recepcionista e olhar para uma tela de computador por 8 horas possa trazer um sorriso. A moça é bonita. Não mais que isso. Será que teria idade para ser filha dela? Ela prefere deixar de lado esse martírio. Olha em volta e se levanta. As paredes são bege. Todos os quadros possuem iluminação própria e têm o tema de Roma imperial. Acha os quadros bonitos, mas muito iguais. Se cansa dos quadros e senta-se de novo. Ela não acha o sofá de tecido marrom muito confortável. Mas o adolescente dorme de babar ao lado dela. Talvez ela esteja desconfortável. Durante pensamentos perdidos, ouve seu nome ser chamado:

- Milena! - Finalmente! Pensa.

Entra na sala e cumprimenta com dois beijos um em cada bochecha, Sérgio, seu terapeuta e amigo. Ele segurou uma bronca pesada por ela. Sérgio oferece o sofá para Milena sentar. É um sofá muito mais confortável que o da recepção. Sérgio senta-se numa cadeira. O consultório ainda possui uma mesa com cadeira. Mas as sessões acontecem nesse ambiente de sala mais agradável. O espaço não é tão amplo, mas Sérgio soube muito bem deixar o ambiente flutuar entre profissional e amigável.

- Como estamos, moça?
- Moça é sua recepcionista. Novinha ela né? - Milena responde semi-irritada. Sérgio ri.
- Eu vejo que estamos bem, não?
- Desculpe-me, Sé. Tô bem sim. Só ansiosa. Ficar sem fazer nada me atrapalha.
- Normalmente o que atrapalha as pessoas é fazer coisas demais.
- É, mas eu não sou normal. Você sabe - Milena tenta melhorar sua infeliz frase dentro do consultório de seu psicanalista:
- Digo, não sou louca. Quer dizer, eu pirei, mas tô bem já - Milena não é muito bem sucedida em sua tentativa.
- Calma, eu entendi - Sérgio corta o assunto para não piorar.
- Eu tô assim porque é meu dia de alta.
- Eu sei, Mi. Você acha que está mesmo pronta? - Sérgio parece preocupado.
- Eu não estou dizendo que vou clinicar amanhã - Milena se protege - Mas eu preciso desse pedaço de papel pra… - Sérgio interrompe.
- Pra virar a página. Nós conversamos sobre isso. Combinado é combinado. - Milena acena que sim com a cabeça.

Sérgio se vira e pega um papel sobre sua mesa e entrega para Milena. Ele sorri.

- Já estava pronto? E você faz esse drama todo comigo? - Sérgio apenas ri.
- E se acha um bom psiquiatra? - Milena também ri.

- Isso quem vai me mostrar é você a partir de agora. E isso não é alta. Esse documento te libera pra clinicar.

Milena não entende.

- Mas não era isso que a gente combinou.

- Nós não temos alta, Mi. Você sabe. Você passou por um trauma seguido de uma crise. Nós tratamos por um ano. Você aceitou e superou. Eu não vejo mais sintomas. É hora de seguir em frente.

Milena sai do consultório. A recepcionista sorridente não a incomoda mais. Sérgio na porta dá adeus e solta um grito: - Luciano! - o adolescente se levanta num pulo. Sérgio:

- Sua vez.

CAPÍTULO 4: SONO

Numa escada acarpetada na cor vinho, sobem Robert à frente e logo atrás o segurança com a maleta algemada em seu punho. Os passos de Robert mal fazem barulho enquanto o segurança parece testar a integridade da escada. Chegam ao segundo andar de um prédio antigo, mas não velho. Os apartamentos são lado a lado num corredor que lembra um hotel, mas menor. O carpete vinho combina com as paredes creme. Robert abre a porta de número 206 e dá passagem para o segurança que nega. Robert então entra seguido pelo segurança.

Robert aciona o interruptor. Uma luz cálida quase surge. O segurança olha em volta mas não percebe muita mudança na iluminação. O apartamento de pé direito alto decorado como um cenário de novela de época faz mais sombras com a fraca luz acesa do que enquanto estava escuro. Robert comenta:

- Não sou fã de luz direta.
- Percebi - responde o segurança quase tateando para conseguir andar.

Robert vai até uma janela e abre a cortina pesada, grossa blackout e deixa apenas a cortina leve e transparente passar um pouco de luz, mas sem abrir a janela. Só assim o segurança consegue ver onde está. Piso de madeira de lei. Móveis antigos por todo lado. Não há uma parede sem algo encostando nelas. Por falar em paredes, são forradas de quadros. Papiros emoldurados, pinturas a óleo, fotos antigas em preto e branco até fotos mais recentes. Quando a luz bate, o segurança vê que muitos desses quadros são retratos.

- Melhor? - Robert pergunta enquanto indica o caminho.

Da sala passam por um corredor e chegam até um quarto preparado como um laboratório que destoa de todo o resto do apartamento: Piso e paredes de cimento queimado. várias prateleiras e armários de ferro. Luz branca forte. Quase não há sombras na sala. No meio, um cubículo formado por paredes de filme plástico translúcido com uma mesa de aço inox central e estantes com frascos e máquinas. Parece um hospital. Ou um...

- É aqui neste laboratório que vamos verificar a legitimidade do artefato. - Robert pede em gestos que o segurança abra a maleta enquanto veste um avental e luvas de borracha.

O segurança abre a maleta. Robert pega a faca e deixa sobre a mesa. O segurança observa tudo como um papagaio de pirata. Robert pega um frasco e propositalmente esbarra no segurança deixando cair um líquido incolor no chão. Quando toca o chão, sai uma fumaça branca no mínimo ameaçadora.

- Ops! Estou acostumado a trabalhar sozinho. Me desculpe. - Diz um Robert sorridente enquanto prende a respiração, coloca um óculos protetor e uma máscara.

O segurança se afasta e fala entre os dedos que tampam a sua boca:

- Eu acho que posso esperar lá fora.

- Nem eu nem a faca vamos a lugar nenhum. Vê? Só uma porta.

O segurança concorda e sai ainda olhando em volta. Repara na quantidade incomum de ralos na sala. Mas naquela altura, ele acha até bom ter para onde escorrer algo que caia por ali.

Passadas algumas horas, o segurança está apoiado na parede do lado de fora do laboratório quase dormindo em pé. Robert sai. O segurança toma um susto.

- Mas que péssimo anfitrião eu sou! Espere aqui. A faca está segura.

Robert volta com uma cadeira.

- Você ficará mais confortável sentado. Eu preciso comer alguma coisa. Aceita?

O segurança desaba na cadeira e nega a oferta de Robert. Passada mais meia hora, Robert retorna com uma bandeja. O segurança está "pescando" quase dormindo.

- Você tem certeza que não quer comer algo? O primeiro teste leva pelo menos 24 horas.

O segurança revê sua opinião e pega a bandeja com um sanduíche e um copo de suco.

- É atum no pão de centeio e suco de uva. Acho que não dá pra errar com isso não é?

O segurança concorda com a cabeça devorando já o segundo bocado do sanduíche e tomando um gole do suco.

- Bom, como vamos passar um tempo juntos, acho justo eu saber o seu nome.

Após a privação de conforto e fome, o segurança foi comprado por um prato de comida e um lugar para sentar. Até esboça um sorriso enquanto responde de boca cheia:

- Abel. - centeio voa de sua boca. Ele tenta pegar no ar.

- Não se preocupe. Depois eu limpo. Abel? Um homem do seu porte chamado Abel?

Abel, o segurança, responde:

- É Abelardo. Mas todo mundo me chama de Abel.

Entre risadas e papo furado, Abel que havia despertado, amolece. Robert ainda segura o copo que tinha como destino certo molhar as migalhas de centeio no chão. Entre piscadas, Abel ainda vê Robert com o copo nas mãos olhando seu relógio.

Eu olhei no relógio porque sempre que uso esse "composto", as pessoas dormem em minutos. Já Abel durou mais de uma hora! O que pode ter me atrasado um pouco.

CAPÍTULO 5: ÓBVIO

Uma porta é aberta. Um rapaz de 20 e poucos anos bem apessoado com cavanhaque toma um susto:

- Você!

Essa é a última palavra de Carlos. Ou Carlinhos, para os próximos. Com medo de olhar para baixo, Carlos leva suas mãos ao estômago. A mão com a faca enterrada em seu torso sobe ainda quase até seu peito enquanto o empurra para dentro do apartamento. Entre surpresa, dor e a sensação de afogamento, cuspir seu sangue é sua última ação em vida. Depois disso seus olhos perdem o brilho, sua face perde a expressão de medo e seu corpo desaba já no chão da cozinha. Uma rajada de vento providencial fecha a porta do apartamento.

Calma. Eu não estou me escondendo de nada. Bom, talvez. Ainda é cedo para esse assunto. Mas vocês precisam saber disso para entender que a pressa é mesmo a inimiga da perfeição.

CAPÍTULO 6: AMANHÃ

São 17h de uma quinta-feira nublada. Um homem de 50 anos aparentando 60, acima do peso fala ao celular se levantando de uma cadeira.

- Eu vou. Eu já disse que vou! Eu tô indo!

O homem desliga o celular, pega seu casaco na cadeira e levanta levemente contrariado. Uma voz grave invade o ambiente.

- Silas!

Silas já desanima.

- Aqui, capitão.

Silas é um investigador da delegacia de homicídios. Ele falava ao telefone com sua ex-mulher. A quem está tentando reconquistar. Uma tarefa exaustiva e complicada que ele mesmo já pensou em desistir.

Seu casamento acabou. E sempre ouviu que foi sua culpa. Ouviu tanto que acreditou. Mas teimoso, demorou 20 anos para assumir. Essa teimosia sempre o ajudara em sua profissão. "Instintos. Um policial precisa confiar nos seus instintos".

Numa era de ultra-informação, nunca se deu bem com os novos investigadores. "Geração tela" ele os chama. Com a idade chegando e vendo o mundo o ultrapassar, começou a rever suas escolhas na vida. E sua família foi a primeira coisa que lhe veio à cabeça. Afinal, ele tem uma filha. A quem acabara de prometer para sua a mãe e também sua ex-mulher, que buscaria no aeroporto. Sua filha está vindo de um intercâmbio. Seu instinto, ainda que falho ultimamente, lhe diz que é um bom momento para tentar fazer as pazes com as mulheres de sua vida. Será um desafio. E ele nem viu ainda o que o espera.

Um jovem bonito, magro e de óculos estiloso chega a sua mesa:

- Silas, presente pra você. - O rapaz entrega uma pasta de arquivo.
- Tá, depois eu vejo. - Silas joga a pasta sobre a mesa.
- Agora Silas.
- Dá pra um dos moleques. Preciso buscar minha filha.
- É campo. você vai gostar de sair daqui.
- Amanhã eu vejo isso, Capitão.
- Faça seu trabalho, Silas. - O jovem fala sério pegando novamente a pasta e entregando novamente nas mãos de Silas.
- Sim, capitão. - Responde o investigador.

Silas pega o celular já prevendo a bronca.

- Oi Beth. Ela pode pegar um táxi? Acabou de cair um caso aqui.
- Você prometeu! É assim que quer recomeçar? Largando sua filha no aeroporto?

Sem resposta, Silas até comemora a interrupção de seu capitão:

- Olha lá, Silas! - Aponta a TV.

Silas cerra os olhos para ler o "GC".

Gerador de Caracteres. Aquele texto embaixo da tela que explica pra você porque não deve mudar de canal.

"Jovem é destrinchado como um animal de abate em apartamento"

- Desculpe, Beth. Mas já tá na TV. Preciso ir. - Silas desliga o celular enquanto sua ex-esposa ainda fala:
- É sobre esse menino aí da TV?

CAPÍTULO 7: RECOMEÇO

Milena toma café num bistrô enquanto mexe em seu laptop. O Whatsapp aparece sobre as outras janelas: "Cheguei. Cadê você?". Milena olha em volta e avista Sérgio. Levanta os braços. Sérgio a localiza. Senta e ajeita sua bolsa ao lado do laptop de Milena.

- Tudo bem? Já pediu?
- Só um café.
- Eu vou num também. É novo isso aqui? - Sérgio pergunta.
- Café modernoso com Wi-Fi grátis? Mais ou menos.
- Eu quis dizer esse lugar, Mi.
- Eu acho que sim.
- Tem garçom?
- Não. Você pede no caixa. Eles te chamam e você busca no balcão mesmo.

Enquanto Sérgio sai para fazer seu pedido. As 5 TVs sem som espalhadas pelo recinto passam o noticiário que mostra um assassinato cruel. Milena olha, mas não parece nada diferente de todo dia. Sérgio volta.

- Eles têm um monte de sabores né?
- Pois é! O meu pedi até com chantili.
- Tá bom?
- Ficou doce demais.
- O meu é um "corretto".
- É normal a gente ficar falando de café?
- Agora é.
- Enquanto você curte seu "corretto", eu estava vendo uns

cursos, palestras. Fiquei parada e preciso entrar no jogo de novo.

- Que bom! Eu queria te encontrar pra falar sobre isso mesmo. Você sabe o que é um "corretto"? - Sérgio pergunta com uma certa atitude. Milena entra na brincadeira.

- Não. O que seria um café "corretto"?

- É um café com um agrado. Nesse caso, grappa.

- Hum, disfarçando o alcoolismo?

- Você que estava num café. Foi o que eu achei pra comemorar.

- Comemorar o quê?

Sérgio tira alguns arquivos de sua pasta.

- Eu separei alguns dos meus pacientes pra você. Quer?

Milena tomando um gole de seu café com chantili se empolga tanto que até derruba.

- Sério? Claro! Ai! Tá quente ainda.

- Não é nada cabeludo. - Sérgio comenta enquanto pega alguns guardanapos para limpar a mesa, sua pasta e a mão de Milena. Quando chega na manga de Milena, ela tira rapidamente a mão. Sérgio olha para ela que não corresponde o olhar. Apenas mantém a manga baixa mesmo suja.

- Tá ótimo, Sé! Obrigado! - Milena abraça seu amigo sem tocá-lo com as mãos.

Enquanto Milena se limpa, Sérgio comenta:

- São 4. Todos duas vezes por semana. Assim você começa devagar.

Milena concorda já fuçando as pastas.

- Claro, claro...

Sérgio toma um gole de seu "corretto" e faz um estalo com a boca depois do gole.

- Assim que sair do remédio, tomo um com você.

- "Corretto"! - brinda Sérgio.

Milena recolhe suas coisas, se despede de Sérgio e na saída vê que o noticiário continua na mesma reportagem. O "GC" diz: "Assassinato bárbaro assusta bairro recém revitalizado".

CAPÍTULO 8:
ALVORADA

Robert se aproxima de Abel, o segurança que está roncando desfalecido na cadeira. Ele sorri, aproxima sua boca do ouvido de Abel e brada:

- Bom dia, flor do dia!

Abel desperta num salto e cai já de pé. Mas ainda bagunçado.

- Bom dia, senhor Roberto. Acho que caí no sono. Que horas são? - Olha no relógio e se assusta. A disposição do apartamento somada à sua decoração não permitem saber qual é a hora do dia ou da noite. Robert observa tudo com seu sorriso esquisito e mãos para trás.

- Cadê a maleta?

Abel ainda se ajeitando vai até o laboratório. Robert o segue. Abel vê a maleta sobre a bancada. Ao lado, a faca dentro do que pode ser descrito como um aquário. Ela brilha em contraste com a luz e o líquido azul borbulhante em que está mergulhada. Finalmente Abel relaxa. Apenas para Robert, sorrateiro como sempre, o assustar de novo falando quase que em sua nuca:

- O café está servido.

Abel se vira quase em guarda. Robert aponta o caminho.

Vão até a sala e a mesa do café da manhã parece a de um hotel. Vários tipos de pão, manteiga na mantegueira, frios dispostos e arrumados, uma jarra de suco, uma de leite e uma cafeteira, mamão cortado, melão sem casca e até morangos. Abel estranha. Robert comenta.

- Eu já disse, Abel. Recebo poucas pessoas. Não repare se exagerei. Afinal, o café da manhã é a principal refeição do dia.

- Obrigado senhor Roberto. Parece ótimo. A faca! Está tudo bem?
- Sim. Ela não se mexeu durante a noite toda. Eu vou prepará-la para o transporte.

Abel devora de tudo na mesa e concorda com um jóia enquanto sua outra mão já segura um pão com presunto.

Robert vai até o laboratório e começa a preparar a faca para transporte. Desliga as bolhas, retira a faca com uma luva, a lava na pia e a seca. Abel entra tentando fazer o mínimo de barulho possível com um sanduíche numa mão e um pedaço de melão na outra. Robert nem precisa se virar para ver a cena. Abel não está mais para um touro do que para um gato enquanto se move. Robert se vira:

- Ah! Você está aí. Ia mesmo lhe chamar para acompanhar a faca.

Robert mostra a faca seca sobre a bancada. As mãos de Abel já estão vazias. Mas não sua boca. Ele se aproxima, checa suas mãos sujas. Robert se oferece e guarda a faca na maleta. Abel agradece sorrindo e fecha a maleta com o cotovelo. Trava a algema em seu punho. Termina de engolir e limpa a boca na manga.

- O senhor já acabou? Posso levar embora?
- Por hoje sim. Eu preciso analisar os dados e para isso não preciso dela aqui. Eu desconfio que seu patrão ficaria mais tranquilo com ela por perto. Quando necessário, informo o senhor Villas Boas para que a mande de volta. Abel concorda com a cabeça. Robert como sempre, lhe indica o caminho.

Já na porta do apartamento, enquanto se despede de Robert, o segurança aponta para a TV que, despretensiosa, passa a reportagem sobre o assassinato.

- Esse mundo tá perdido né, seu Robert? Com licença.
- O quê? Ah! A TV. Eu não sei o que está passando.

Abel sai. Robert fecha a porta e se dirige até a TV.

É impressionante o tempo que desgraças ocupam na TV, não? Para cada minuto de salvamento de alguém, temos 1 hora de assassinos, corpos, mutilações, declarações, exumações, julgamen-

tos, linchamentos… Eu confesso que não sei como conseguem assistir. Mas eu adoro isso!

CAPÍTULO 9: AÇOUGUE

Em frente ao endereço do assassinato, o circo está armado: repórteres, curiosos, a tropa toda. Alguns moradores querendo entrar. Silas desce do carro falando ao telefone:

- Desculpe, Larissa. Mas apareceu um caso complicado.
- Tudo bem, pai. Eu me viro.

Silas se aproxima do perímetro bloqueado pela polícia. Mostra seu distintivo para um guarda. Enquanto Silas tenta falar tchau para sua filha, um cachorro no colo de um dos moradores torna a tarefa impossível. Silas se despede mesmo assim enquanto passa o cordão de isolamento.

- Eu não tô ouvindo nada. Tchau, filha! Eu te ligo assim que sair daqui.

Do outro lado da ligação, Larissa se despede do pai.

- Tchau pai. - Larissa encerra a ligação no celular enquanto observa seu pai entrando no prédio pelo link ao vivo que passa na TV no desembarque internacional do aeroporto. Larissa está chegando de um intercâmbio. Ela foi para a Irlanda. Por incrível que pareça, ela realmente aprendeu inglês durante esse período. Sempre foi uma aluna nota 10. Não moram na mesma casa desde que ela tinha 15 anos. Lá se vão 4 anos. Ela deixou os cachos para trás e hoje ostenta um moderno cabelo afro. Curtíssimo na lateral e topo volumoso. O que seu pai achará dessa novidade? Bom, talvez isso fosse importante 4 anos atrás quando era uma menina. Hoje mulher, o papel de seu pai foi diminuído. Ele ainda pode ser importante. Mas isso depende de Silas agora.

Por falar em Silas, nós vamos nos encontrar em breve. E ele provavelmente me agradeceria se tivesse coragem para tanto.

Silas entra no apartamento da vítima e imediatamente acende um cigarro. Um pouco pelo vício, e muito pelo cheiro. Seja lá o que matou aquele pobre coitado deve ter aberto seu estômago ou até seus intestinos, pois o cheiro era de "amolecer o dente" como Silas mesmo pensou. O apartamento está revirado. "Um assalto que deu errado?" Pensa Silas. Uma jovem, da idade dos "geração tela", interrompe seus pensamentos:

- 	Quem é você? Não pode fumar aqui. É uma cena de crime.
Silas observa que é claro que a jovem está com uma tela gigante em suas mãos. Fala com Silas sem quase olhá-lo nos olhos. Ela segura um tablet e anota alguma coisa. Silas mostra seu distintivo dando mais um belo trago:
- 	O dono não vai se importar.
A jovem arregala os olhos:
- 	Desculpe detetive. Não vi quem era o senhor.
- 	Tudo bem. Senhor está no céu. - Silas vai até a cozinha e vê o corpo aberto. A cena parece aquelas reportagens sobre como é feita a carne que comemos e como perdemos a vontade de comer carne até a próxima refeição: cadáveres de animais abertos. A diferença era a quantidade de sangue. Nessas reportagens, o ambiente sempre parece estéril. Ali, era um ser humano e muito, muito sangue.
- 	E parece que O Senhor não estava olhando pra cá. - Completa Silas que já superou o pedantismo da novata da perícia.
A polícia cobre os corpos quando eles estão à vista de todos. Em ambientes fechados, tudo é deixado como está para facilitar a perícia. Na pia, há resquícios de que algo foi queimado. Um outro rapaz com luvas sujas de sangue seco entrega um pedaço de papel chamuscado dentro de um saco plástico de evidência para Silas. É o resto de um recibo. A

diferença é que o recibo não foi impresso por uma máquina. Isso é incomum nos dias de hoje. E conta com uma parte de um endereço: "(queimado)orena, 271, apto 206 - Jardins".

- É só o que sobrou? Celular? - Pergunta Silas para o rapaz.
- Nada de celular. Só isso. Achamos perto do corpo. Dentro da pia tinha resto de outros recibos e notas queimadas. Mas carne sobrou bastante. - O jovem aponta rindo para o corpo.
- Eu não trabalho em açougue. Isso é com vocês. Alguma coisa mais pra mim? Sabem quem é ele? - Silas fala com o cigarro numa mão e o saco plástico com o endereço queimado na outra.
- Sim. - Responde com a carteira da vítima na mão.
- Carlos Papadopoulos. Sem entrada forçada. Na mochila perto da porta, um castiçal de ouro, um colar de diamantes e uma arma. Um vizinho passou em frente a porta e o cachorro latiu e tentou entrar. A porta estava só encostada. Ele viu o sangue e chamou a polícia. Seja lá como ele foi "aberto", era uma faca, machete, peixeira muito afiada. E aí? Briga de ladrões? A coisa ficou ruim, um mata o outro, foge com o que conseguiu pegar? Cheguei perto?
- A mochila estava aberta? - Silas pergunta de imediato.
- Não. Fechada. Com roupas e a arma além das jóias.
- Pode ser uma emboscada.
- Como assim?
- A mochila não está revirada e tem sangue só na parte de fora. Se fosse briga pelo assalto, o comparsa teria levado o lucro. E esse jeito de esfaquear alguém? Numa briga, eu esperava várias facadas para acabar rápido. Não esse espetáculo todo. E depois carregar o corpo até a cozinha? E essa arma guardada? Se alguém puxa uma faca na sua frente durante uma discussão e você tem uma arma na mochila, porque não tentar pegá-la? O local da mochila é estranho também. Quem deixa perto da porta? Ainda mais um ladrão. Ele devia estar carregando ela. Queimar recibos para não deixar pistas parece sensato. Mas e o apartamento revirado? Ele saberia onde estão as coisas que precisaria queimar. Porque o com-

parsa ia primeiro fuçar as prateleiras e deixar a mochila? Não encaixa. - Silas sai do apartamento para encenar o suspeito da emboscada enquanto mais policiais param seus afazeres e prestam atenção em Silas.

- Já se ele estivesse saindo com pressa, alguém o surpreende, enterra a "espada" em sua barriga antes que ele possa ir atrás da arma. A mochila cái. Ele é empurrado para dentro pela faca enquanto o suspeito fecha a porta. Perdendo sangue, é difícil ficar em pé. Enquanto é carregado com algo enterrado em seu torso, seu corpo escorrega pelo instrumento afiado abrindo o coitado até o peito e é jogado no chão. Aí ele tem todo o tempo do mundo para procurar seja lá o que for. Mas quem queimou os recibos? O "peixe" ou o sushiman?

O jovem policial técnico está de olhos arregalados e gagueja:

- Bo... boa versão. Ele sofreu um bocado. - O corpo que antes era um objeto de deboche pela equipe, recebe agora olhares mais humanos.

- Silas apaga o cigarro na pia da cozinha e vê que o ânimo baixou por ali. Ele rapidamente faz uma piada.

- Essa é minha bituca. Não me compliquem hein! - Seu discurso acabara de o tornar popular naquele apartamento. Todos riem. Ele também sabe que é uma defesa não olhar as vítimas como seres humanos. Facilita a vida de quem vê isso todos os dias. Mas não podemos nunca perder o respeito pela vida humana. E foi entre essas duas estações da ética que Silas os deixa para continuarem os trabalhos de perícia. Antes de sair, ele tem ainda uma última pergunta:

- Ah! Vocês não encontraram essa "espada" que usaram para abrir o rapaz, né?

O jovem policial faz que não com a cabeça. Silas fala sozinho enquanto guarda o saco plástico com o pedaço de endereço no bolso.

- Claro que não.

CAPÍTULO 10: LEMBRANÇAS

Milena anota num caderno enquanto ouve uma garota de 16 anos reclamando das amigas. Ela gosta de meninas e achou que era hora de todos saberem disso. Mas suas amigas se afastaram não por preconceito, e sim por acharem que ela está usando a carta "sou gay" para chamar atenção. O que de fato está acontecendo. Se o ambiente escolar fosse o Twitter, ela estaria nos "top trends". Mas não é esse o motivo de "sair do armário". Milena sabe bem como é isso. Ela demorou para se assumir bissexual. Sabe também que a cada dia isso se torna mais normal. Mais aceito. Porém a acusação de usar sua coragem de se assumir perante a sociedade para se tornar mais popular é só um novo jeito de diminuir o feito. Tornar banal um ato de auto-afirmação saudável. Em casa foi mais fácil para a garota do que no ambiente escolar. Com Milena foi diferente. Foi mais fácil fora da família. Eram outros tempos. Milena já era adulta quando passou por isso. Clinicar ajudou Milena assim como ela ajuda seus pacientes. E olhe onde ela está hoje: com seu próprio consultório. Após todo o ocorrido, ela caminha de novo com suas próprias pernas. Enquanto Milena pensa junto com sua paciente, o despertador toca. É o fim da sessão. Imediatamente, a garota saca de seu celular. Enquanto Milena fecha seu caderno e se prepara para despedir-se da paciente ela ouve um grunhido. Acha engraçada a reação e pergunta:

- O que houve? Que foi isso?
- Ah, nada Mi. Me mandaram umas fotos desse assassinato. Credo. Ó!

A garota mostra as fotos para Milena antes que essa pudesse pensar se queria ou não vê-las. Mas é tarde demais para opções. Milena vê uma foto e perde sua cor. Fica branca como um fantasma. Está paralisada.

-        Mi? Tudo bem? Desculpa, não queria te assustar.

Milena senta e desperta do transe.

-        Eu… não, tudo bem. Eu preciso… Eu tenho que sair.

Bom, talvez não tenha despertado 100%. Ela pega sua bolsa e sai.

CAPÍTULO 11: ROTINA

Silas em sua mesa na delegacia saca do saco plástico o papel com parte do endereço. Olha mais uma vez: "(queimado) orena, 271, apto 206 - Jardins". Seu capitão chega. Silas já sabe o que vai acontecer, mas precisa passar por aquilo. É um caso de repercussão. Todos estão de olho. É função do capitão estar a par dos desdobramentos para informar seus superiores. Aquela delegacia é uma equipe. Todos são importantes no procedimento policial. Da chamada para o 190 à condenação do culpado. Esse caso não pode ter nada fora do padrão. O capitão finalmente abre a boca:

- E aí, Silas? Como estamos?
- Eu vou checar esse endereço.
- Eu não posso esperar seu relatório. Esse caso já está repercutindo em todo lugar. Inclusive acima de nós. Eles cobram informação em tempo real. Afinal, somos uma equipe. O procedimento policial é uma corrente onde todos são importantes. Da chamada do 190 até prender quem fez isso. Você tem que fazer tudo no padrão, ok?

Silas até sabia esse discurso melhor que o capitão. Mas prefere ser "Silas":

- E cobrar informação sem o relatório é o melhor jeito de proceder agora, capitão?

O capitão fala com o olhar. E não são mais palavras de incentivo. Alguns companheiros investigadores riem. Outros saem de perto. O capitão resolve verbalizar de maneira educada enquanto arranca da mão de Silas a evidência.

- O que você tem aí? "Orena, 271, apê 206 e jardim?"
- Jardins. Bairro. Orena pode ser Lorena. Alameda Lorena, 271. Eu vou lá dar uma olhada.
- Faça isso, detetive. - O capitão deixa a evidência sobre a mesa de Silas e sai. Silas abre um leve sorriso. Seus "vizinhos" de mesa fazem uma reverência. Silas apenas pisca. Mas é para disfarçar seu prazer. Entre resolver um caso famoso e irritar seu superior, a alegria do trabalho parece despertar dentro dele. Mas Silas ainda não admite isso.

Saindo da delegacia, Silas ouve uma conversa em tom elevado. Parece muito com o início de uma briga. Uma mulher pede para ver o detetive responsável pelo caso do assassinato. Ela diz ter informações relevantes. Um policial responsável pela triagem dentro da delegacia informa que existe um número de telefone para dicas sobre o caso. Os detetives são ocupados demais para receberem informações pessoalmente. A mulher é Milena.

- Já chegaram os doidinhos. - Diz para Silas um policial que assiste a cena.
- Até que demorou. - Rebate Silas.

Milena vê que não vai conseguir nada ali. Nervosa, ela procura alguém. Nem ela sabe quem está procurando. Mas seus olhos encontram os de Silas.

- Deixa eu sair daqui! - Diz um apressado Silas para o policial, que ri.

CAPÍTULO 12: RECONHECIMENTO

Silas chega até o endereço do recibo queimado. Alameda Lorena, 271. A certa distância, observa o movimento em frente ao prédio. Vê um homem grande de terno preto, óculos escuros e uma maleta algemada ao seu punho entrar. Se aproxima e confirma no interfone na porta do prédio que existe o apartamento 206. Não há portaria. Quase se dá os parabéns pelo trabalho de detetive mas sabe que não foi um trabalho de dedução tão difícil. Toca o interfone. Robert atende. Silas informa que é da polícia.

A conversa aqui não é importante. Mas a seguinte é!

Robert destrava a porta pelo interfone e Silas entra. Um arrepio sobe suas costas. Silas hesita alguns segundos para entrar. Sente alguém o observando. Checa suas costas e arredores. Passado o arrepio, entra no prédio. Sobe as escadas de carpete vinho com passos não tão leves quanto os de Robert mas longe do mastodonte Abel, o segurança da faca. Robert o aguarda na porta.

- Pois não? Como posso ajudá-lo?

Silas vê o homem de terno dentro do apartamento de Robert.

- Podemos conversar aí dentro?
- Claro! Entre. Estamos sempre ao dispor dos oficiais da lei. Você é...?
- Silas. Detetive Silas.
- Ah claro, detetive. - Robert fecha a porta. Silas e o segurança se encaram.
- Abel, esse é o detetive Silas. Detetive Silas, esse é Abel. Ele é

responsável pela segurança do artefato. - Robert aponta para a maleta fechada.

- Obrigado Abel. Eu já vou.

Abel faz um sinal com a cabeça e senta-se na mesma cadeira em que caiu no sono.

- Aceita um café? - Pergunta o sempre solícito Robert.
- Não obrigado.
- Como posso ajudá-lo, detetive? Sente-se.
- Obrigado. Estou bem de pé. Seu endereço surgiu numa investigação e é procedimento padrão visitarmos. O senhor é o proprietário deste imóvel?
- Sim. Posso saber como meu endereço surgiu numa investigação policial?
- Talvez. - Silas responde já passeando pela sala chegando até a janela. Abre um pouco a cortina para ver o lado de fora.
- Escuro aqui não? - Robert se aproxima.
- Eu gosto de privacidade. A gente nunca sabe quem está olhando esses dias.

Silas tira um cigarro, acende e solta a fumaça no rosto de Robert. Robert se afasta um pouco abanando a fumaça.

- O senhor não se incomoda, né?
- Não, detetive. Mas eu vejo que o senhor está à vontade. Eu ficaria mais à vontade se soubesse do que isso tudo se trata. - Robert pega um cinzeiro.

Eu posso parecer apreensivo nesse interrogatório sem perguntas do detetive. Mas eu estava mesmo me divertindo. Ele está se esforçando para fazer um clima, mas ainda não sabe o meu nome!

Silas abre um grande sorriso enquanto agradece o cinzeiro.

- Obrigado. Senhor...? - Silas faz uma grande pausa.
- Ah! Robert. Robert Von Shimmer.
- Qual a sua linha de trabalho, senhor Von Shimmer? É alemão?
- Sim. Alemão. E pode me chamar de Robert.
- Obrigado Robert. E o que você faz, Robert?

- Eu sou marchand. Bom, eu fui. Hoje lido mais com artefatos raros.
- "Merchã"? - Silas se faz de bobo. Mas ninguém naquela sala acredita.
- "Marchand". É francês. Quer dizer comerciante de arte.
- Ah, entendi. O senhor, desculpe, você é bem europeu, não Robert?

Robert responde rindo.

- Eu sou bem brasileiro pra dizer a verdade. Mas sim, meu pai era alemão e lido com arte... Muitas palavras estrangeiras são usadas nesse mercado.
- Entendi. E você compra artefatos raros então?
- Eu negocio sim. Mas raramente para mim. Eu analiso, dou pareceres... Por exemplo. Abel!

O segurança entra. Robert faz sinal para ele abrir a maleta. Abel hesita.

- Abel, eu vou mostrar para a polícia. Eu acredito que seja seguro. Certo, detetive?
- Eu espero que sim. O que tem na maleta?

Abel abre a maleta. Robert pega a faca.

- Esta faca, por exemplo. Eu estou analisando a legitimidade dela.

Silas se interessa e avança sua mão em direção a faca. Robert a tira do alcance de Silas. Abel dá um passo à frente.

- Calma Abel. Está tudo bem. Desculpe detetive, mas ela está em análise. Não posso deixar o senhor tocá-la. Pode haver contaminação.
- E o que tem essa faca?
- Ela pode ter matado Júlio César.
- E isso vale alguma coisa? Pra quem?
- Veja bem, detetive. Meus clientes são reservados. Assim como meu trabalho. Eu prezo muito pela discrição. E pretendo continuar assim. - Robert devolve a faca para a maleta. Abel a fecha e se retira.

Silas abre o jogo:

- Sim, claro. Eu entendo. - Silas tira do bolso o pedaço do

recibo queimado.

- Mas quando um cliente reservado vira peça de açougue com seu endereço queimado debaixo do corpo, eu digo que a discrição foi pra casa do chapéu, não?
- Como assim? - Robert estranha e força a memória.

Eu acho que foi mais ou menos assim que aconteceu:

Robert está com luvas cirúrgicas queimando uma série de papéis sobre uma pia de cozinha. Queima inclusive uma foto de Carlos e Sérgio.

De nada, doutor. Calma, vocês vão entender.

O corpo de Carlos está a seus pés. Robert presta muita atenção onde pisa e como se mexe para não tocar nem pisar em nada. Incluso a enorme poça de sangue bem perto de seus pés. Seu relógio de pulso toca um alarme. Enquanto checa o relógio, uma brisa joga o pedaço de papel com o endereço semi-queimado de Robert para baixo da cabeça de Carlos. Robert não vê.

Pois é. Abel demorou para dormir. Eu tive que apressar meus afazeres na casa de Carlos. O alarme me avisa que preciso voltar antes que Abel acorde. Um vacilo e um detetive investigando um homem quase cortado em dois está dentro da minha casa e acabou de olhar uma faca. "A pressa é inimiga da perfeição"! Seja onde estiver Carlos agora, ele está rindo.

Silas tira seu celular com as fotos de Carlos. As mesmas inclusive que Milena viu no celular de sua paciente. Mas mostra para Robert apenas a do rosto de Carlos.

- O senhor por acaso conhece esse homem?
- Sim. Foi ele quem morreu? Que está em todos os programas?
- De onde o conhece?

Robert explica que Carlos era um fornecedor e cliente. Ele já comprara uma peça que achava que era fruto de roubo. Isso em seu ramo de atividade não é anormal.

- O senhor conhece o termo "receptação", Robert? - Silas

irônico.

- Existe alguma queixa de roubo? - Devolve Robert.

Silas cerra os olhos. Robert explica que sempre checa tais informações com a polícia. Como ele disse, isso não é incomum. Uma vez que informações da peça surge no mercado e é comprovado que tal peça foi mesmo furtada ou roubada, entrava em contato com os donos e as devolvia. A recompensa sempre era maior do que o valor pago por ele. A polícia não liga muito para itens obscuros levados de pessoas ricas.

- Pobres milionários e seus brinquedos. - Silas adora a ironia.

Robert inclusive expõe que já havia feito negócio com Carlos anteriormente.

- Ele morreu num incêndio? Eu achei que fosse um assassinato.

- Porquê incêndio?

- O recibo que me mostrou está queimado. Esse é meu único recibo ou acharam mais?

- Todo o resto foi queimado.

- Que engraçado.

- Engraçado? - Silas questiona.

- Desculpe. Péssima escolha de palavra da minha parte. Eu quero dizer, alguém tentou destruir provas queimando esses papéis. Que provas? - Robert pensativo.

Silas paga para ver essa péssima atuação de Robert.

- O que você quer dizer com isso?

- Queimaram papéis e sobrou o meu recibo? Só o meu? Seja lá quem queimou, não estava muito preocupado comigo. Ou nitidamente e até propositalmente, deixou uma pista sobre mim.

- Eu talvez tenha uma ideia diferente sobre isso.

- Ainda assim, aqui está você detetive. Qual informação escondi do senhor?

Por mais que Silas tenha um grande suspeito em seu radar, Robert não estava errado em suas colocações finais.

CAPÍTULO 13:
TOCAIA

Silas sai do prédio de Robert com um "quase" sorriso no rosto. Um caso famoso, uma evidência que se prova útil, um suspeito metido num mercado com mais áreas cinzas do que pretas ou brancas. Agora é o bom velho trabalho: colher provas, construir linhas do tempo, arrolar testemunhas... As coisas parecem bem encaminhadas. Ele já está pensando no encontro com a filha e depois reconquistar sua esposa. Sua vida está saindo de um marasmo sem futuro para novos desafios. O que mais ele podia esperar?

Com certeza não era um susto:

- É você o detetive responsável pelo caso do cara morto, né?

Silas se vira já pegando sua arma. Ele está pelo menos a 3 quarteirões da casa de Robert. Quando sua mente consegue montar a cena, ele vê Milena.

- Tá louca, menina? Abordar um policial assim? Quer tomar um tiro?
- Desculpa! Mas na delegacia ninguém me ajudou. Agora eu te vejo sair da casa daquele cara.

Silas se recompõe e já é o detetive de novo:

- Você me seguiu? O que sabe "daquele cara"?
- Eu não te segui. Eu conheço o Robert.
- Você está me espionando?
- Claro que não! Foi coincidência. Eu sabia que ele estava metido nesse caso. Ver o senhor saindo da casa dele só me deu certeza que eu não estou louca.
- Me explica do começo o que você está fazendo aqui.

- Vamos sair da rua?

Milena e Silas vão até uma padaria. Conversam numa mesa afastada do balcão. Ela pede um suco de laranja. Ele pede um café. Está arrependido de não tomar o café na casa de Robert. O "estilo detetive ameaçador" o privou desse prazer.

Silas ouve atentamente Milena falando sobre outra vítima. Uma paciente sua havia sido assassinada do mesmo modo que esse rapaz. Silas pensa em perguntar como ela sabe disso, mas também sabe que fotos de cenas de crime caem na internet mais rápido do que chegam até eles, detetives. Milena faz questão de frisar isso.

A vítima é Aline Akemi. Foi sua paciente e era amante de Robert. É assim que ela conhece Robert. Ela sabe que a relação de Akemi e Robert era conturbada. Assim como de Akemi com seu marido. Sem quebrar o sigilo médico-paciente, isso é tudo que ela pode contar. Mas já acha suficiente para reabrir a investigação uma vez que o mesmo suspeito e *modus operandi* batem com esse novo crime.

Ao término da conversa, Silas sabe que há mais elementos nessa história. Seja pela presença de Robert ou pela mesma maneira que os corpos foram deixados, o sigilo médica-paciente pareceu mais uma muleta para esconder algo do que ética profissional.

Silas pega o contato de Milena e avisa que vai investigar. Mas deixa claro que aquela abordagem não vai funcionar de novo. Qualquer dúvida ou novidades sobre qualquer dos casos, a única via de comunicação seria Silas entrando em contato com Milena. E não ao contrário. Milena aceita os termos. Por enquanto.

CAPÍTULO 14: PESQUISA

De volta ao DHPP (Departamento Estadual de Homicídios e Proteção à Pessoa), Silas quer checar as informações de Milena. Ele já tem um suspeito e agora novas informações que, segundo Milena, o incluem em outro caso. Mesmo que a fonte não passe essa segurança toda, quem sabe some algum fato novo ao seu caso atual.

O capitão vê Silas em sua mesa. Pega uma pasta na mesa de outro investigador e se aproxima. Silas está ligando seu computador.

- Silas, sobre a vítima do apartamento.

Silas responde sem olhar para o capitão:

- O ladrãozinho de arte?

O capitão parece surpreso. Ele achou que tinha um trunfo.

- É... os meninos... - Vozes replicam:
- Ô capitão!
- Meninos?
- OS INVESTIGADORES vieram com a informação de que ele tinha contato com algumas casas de penhores que o DEIC (Departamento Estadual de Investigações Criminais) acompanha. - Responde o capitão.
- É, naquele endereço mora um marchand. Ele trabalhou com a vítima algumas vezes.
- Ele é suspeito?
- Bem suspeito. Mas não tenho nada ainda com esse crime.

O capitão se dá por satisfeito:

- Boa, Silas.

Sem olhar para o capitão, Silas faz um sinal de "jóia".

Já com o computador ligado,o problema de Silas agora é outro: ele aprendeu a mexer em computadores. Não é esse o problema. O problema é que todo o departamento passou por uma recente atualização de software. Como ele esperava se aposentar e nunca mais lidar com isso, digamos que ele prestou pouca atenção à aula sobre o novo sistema. E que deixou para depois para se familiarizar com toda essa novidade. E agora ele precisa desse sistema e não tem tempo para re-aprender tudo. Portanto, sua única opção são os "geração tela". Ainda bem que ele está de bom humor.

- 	Ô rapaz!
- 	Rapaz? Investigador. Igual ao senhor, por sinal. Quem se chama de detetive hoje em dia?

E o bom humor de Silas vai embora.

- 	Ô virgem! Ficou melhor?

Algumas risadas são ouvidas. Mas não do rapaz investigador. Um outro colega de profissão de Silas o auxilia.

- 	Fala Silas. O que foi?
- 	Eu preciso ver um caso mas não peguei esse programa novo. Você pode entrar aí? Eu me viro depois.
- 	O senhor nunca fez login?
- 	Fiz, mas não sei onde tá nada.

Silas e seu colega levam um tempo procurando o caso por nomes, tipo de crime, datas e etc e acabam achando a pasta do caso.

Silas verifica o caso. As vítimas são Aurélio Hideo Matsumoto e Aline Akemi Matsumoto. Assassinato seguido de suicídio. Classificado como crime passional. Hoje, seria feminicídio. Realmente o corpo de Akemi foi encontrado com ferimentos parecidos com os de Carlos, a vítima do apartamento. A arma do crime foi uma espada. Encontrada enterrada no torso de Aurélio presumidamente após este matar a esposa. É um caso peculiar. Principalmente pela arma do crime. Não há dúvidas. Mas não há nada sobre Robert entre suspeitos, testemunhas ou mesmo em "pessoas de interesse". Jargão usado às vezes para designar alguém

envolvido no caso mas que não foi acusado, denunciado nem ar-
rolado como testemunha. Já um nome se destaca: Milena Calegari:
"pessoa de interesse": psiquiatra da vítima feminina.
Porque Milena é uma "pessoa de interesse"?

CAPÍTULO 15:
RECAÍDA

Pela manhã, Sérgio entra em seu consultório tomando um café e digita a senha de seu alarme. Apenas os primeiros dois dígitos. Uma mão surge por trás de Sérgio e termina os outros quatro dígitos. Sérgio toma um baita susto e derruba seu café. Milena ri atrás dele.

- Tá devagar, hein Serginho!
- Você derrubou meu café.
- Ah vá! Eu pego outro. É aqui do lado!

Milena aponta para a rua. O consultório de Sérgio é uma casa na Vila Madalena. Vizinho a um café.

- Por isso estou quieto. Ele está bem quente e queimando meu braço.

Milena arregala o olho e se desculpa. Abre a porta e dá passagem para Sérgio. Ela vai até a cafeteria. Ele entra para se limpar.

Depois de buscar mais café para ambos, Milena bate papo.

- Cadê sua recepcionista? Você que abre sempre?
- Eu chego mais cedo às vezes. Quando o treino é rápido na academia.

Milena lembra Sérgio do tempo que dividiam o consultório. Sérgio atendia pela manhã e ia para o hospital fazer pesquisa para sua tese. Milena tinha pacientes no período da tarde. Não tinham recepcionista nessa época. Sérgio foi professor de Milena na faculdade. Hoje doutor, seu ramo é psicopatologia. Milena pega no frigobar uma água gelada e ajuda Sérgio a se limpar na pia da copacozinha. Sérgio com as mangas da camisa arregaçadas, joga a água gelada para diminuir a queimadura.

- Não foi tão grave assim, vai! Tó! - Milena entrega outro café para Sérgio enquanto este enxuga as mãos.
- Tudo bem, Mi. É só pra garantir. E essa visita matutina? Ao que devemos? - Sérgio fala com Milena enquanto se dirigem a sala.

Chegando ao consultório, Milena repara numa faca numa das prateleiras. Ela não via aquela faca há muito tempo. Sérgio vai direto ao objeto e o guarda numa gaveta em sua escrivaninha. Ele sorri tímido, mas gentilmente para Milena, que retorna com um aceno de cabeça. Mas isso não é assunto para agora. Ela chegou "moleca" e com um plano. Queria se mostrar alegre, brincalhona... enfim, feliz. Queria que Sérgio não a julgasse de imediato. Nem mesmo a analisasse. Esse plano correu muito bem até queimar o braço de seu mentor.

- Eu preciso falar com você sobre uma coisa.

Sérgio está sentado à sua mesa. Milena ainda de pé. Conversam como amigos. Não mais como psiquiatra e paciente. Pelo menos para Milena.

Ela tenta ser o mais calma e sã possível: Achou provas que sua paciente não foi morta pelo marido. E sim pelo amante.

Sérgio recosta na cadeira, leva a mão a boca impedindo as palavras de sair. Olha pela janela, respira fundo e encara Milena. Antes que Sérgio monte uma frase coerente, Milena não aguenta o silêncio:

- Eu sei o que parece, Sé. Mas estou bem. Você viu esse cara que mataram? É igual a Akemi! Foi ele! Você precisa...

Antes que Milena termine a frase, Sérgio interrompe:

- Não, Milena. Eu não preciso nada. Você precisa superar isso.
- Você nunca acreditou em mim.
- Eu achei que esse assunto estivesse encerrado.
- Eu também achei. Mas agora eu vejo que isso não vai acabar enquanto eu não resolver. - Milena senta. Sérgio agarra sua mão e levanta sua manga expondo cicatrizes de cortes auto-infligidos.
- E deu certo da última vez que você tentou resolver? - Milena encara Sérgio, livra sua mão e enquanto se levanta, cobre as

cicatrizes que sempre tenta esconder.

- Você não precisava fazer isso. - Milena está envergonhada. E não da situação. E sim das cicatrizes.

- Eu já tentei de tudo. Eu precisei desse choque pra você entender.

Sérgio está decepcionado. E não com Milena. Mas com ele mesmo. Ele não está em condições de revisar esse caso agora. Com Milena insistindo demais sobre o assunto, ele tenta uma abordagem diferente. Sempre foi muito reservado com seus assuntos pessoais. Quem sabe mostrar para Milena que ele não é uma fortaleza impenetrável e sim um ser humano com seus próprios problemas, ela largue essa obsessão pelo menos por enquanto.

- Mi, você sabe quem foi que morreu?

- Ainda não. Mas como foi igual a Akemi, eu vou saber mais. Já falei com o investigador do caso e tudo.

Milena ouve Sérgio mas não o escuta. Ela está apenas esperando a vez de falar. Sérgio percebe e vê que é hora de deixar as coisas mais pessoais. Um novo choque. Talvez assim ele quebre aquela parede obsessiva e auto-centrada de Milena.

- É o Carlinhos, Mi! É não, foi. Foi ele quem morreu. O Carlos se foi assim, desse jeito! - Sérgio não esperava a carga emocional que viria com a verbalização desses sentimentos. Ele se levanta e encara a janela da sala de costas para Milena. Ele ainda quer passar uma imagem sólida. Como uma bronca em Milena para que ela entenda que nem tudo é sobre ela. Ao mesmo tempo em que está segurando um choro guardado já há algum tempo.

Milena entende o recado. Ainda que não como Sérgio gostaria. Mas entende.

- Eu, eu não sabia, Sé. Eu... me desculpe. - Milena se aproxima de Sérgio pela costas, quase leva uma mão a seu ombro, mas desiste. Ela apenas se desculpa mais uma vez e se despede.

- Meus pêsames. Mais uma vez, desculpe.

Sérgio se despede com um gesto sem se virar. Milena sai. Sérgio pega o celular e liga para o 181:

- Bom dia. Eu gostaria de informar que conhecia o Carlos. A

vítima do assassinato que não sai da TV. Só quero me colocar à disposição das investigações. Talvez possa ajudar em algo.

Jura? Assim fácil? Eu queimei provas por você, doutor! Ingrato.

CAPÍTULO 16: LIGAÇÕES

Silas continua investigando o caso de Akemi.

É costume Japonês ter dois primeiros nomes no Brasil. Akemi não é nome do meio. Aline e Akemi são primeiros nomes, um brasileiro e outro japonês. Matsumoto é o sobrenome. Assim como Aurélio e Hideo. Pobre Hideo...

As informações de Milena foram extremamente direcionadas. Portanto, Silas sabe que precisa ir mais à fundo nesse crime passional. Quem era Aurélio? Quem era Aline? Ambos conhecidos mais por seus nomes japoneses: Hideo e Akemi. Isso ele sabia. Mas a motivação de Hideo fora puramente passional? Dinheiro é sempre um bom motivo para assassinato. De onde vinha o dinheiro desse casal? Mas se o motivo fosse dinheiro, porque tirar a própria vida depois? Arrependimento? Honra? Afinal, Hideo estava sendo traído.

Hideo era *nissei*, segunda geração de imigrantes. Nascido já no Brasil. Akemi era *sansei*. Terceira geração. A diferença de idade entre os dois era grande, 20 anos. Mas nada muito fora do normal. As duas famílias eram próximas no Japão. Hideo já possuía negócios no Brasil. Herdara um restaurante do pai e já era dono de dois restaurantes na Praça da Árvore. Bairro distante apenas algumas estações de metrô do centro da cidade. Após o bairro da Liberdade, uma das maiores concentrações de orientais. Foi assim que conheceu Akemi. Ela começou a trabalhar no restaurante pela amizade das famílias. Akemi conheceu Hideo enquanto fazia faculdade de administração. Por isso trabalhava na contabilidade do restaurante. Mas fazia até as vezes de caixa de vez em quando. Hideo era bem apessoado. Mantinha boa forma mesmo aos 40 anos. Descrito como alegre e jovial pelas testemunhas. Akemi era mais tímida. Fora criada por avós. Seus pais haviam falecido. Talvez por isso viu em Hideo uma figura protetora. Foi ela inclusive que reparou na espada que era exibida no restaurante. Uma espada samurai que decorava o ambiente. Após o casamento, a figura alegre e jovial de Hideo deu lugar a uma postura severa e retrógrada no casamento. Akemi primeiro deixou a faculdade e algum tempo depois, saiu também do restaurante apenas para cuidar da casa. Durante uma reforma do restaurante, a tal espada acabou vindo para a casa do casal. Akemi com pouca coisa que fazer da vida, foi atrás de mais informações até encontrar um perito que atestou aquela espada como legítima. Era mesmo uma espada samurai original. Estava na família de Hideo há gerações. Ela achava que assim, quem sabe Hideo lhe daria mais crédito. Este não foi o caso. Mas Hideo ficou feliz em saber que aquela tranqueira valia alguma coisa. A espada. Não sua esposa. A espada estava prestes a ser leiloada. Até a tragédia.

Por instinto mais que óbvio a essa altura, Silas entrou em contato com a casa que iria fazer o leilão para saber mais sobre a arma do crime e quem atestara sua legitimidade. A resposta?

-       Robert Von Shimmer. - Ouve um Silas nada surpreso ao telefone.

CAPÍTULO 17: CASA

Milena entra em casa com a consciência pesada desde sua conversa com Sérgio. O estado de seu apartamento não ajuda em nada. Caixas ainda fechadas. Uma TV no chão perto da parede com os fios da antena e TV a cabo soltos sem nenhum conversor ou algo parecido. O cabo de rede que traz a internet está por lá também. Mas sem nenhum modem para acesso. Algumas amostras de tinta pintadas na parede envelhecida branca. Ela mesma ainda não sabia de que cor pintar. Por isso vemos azul turquesa, Lilás e até mesmo outro tom de branco: "gelo" diz na amostra da tinta.

Mas uma poltrona está lá, no meio da sala. Acompanhada de uma mesinha e alguns dos muitos livros espalhados pelo chão de frente para uma estante semi-montada. Como boa profissional, ela sabe que aquilo não demonstra a casa de alguém que quer seguir em frente. Todos os conselhos profissionais que distribuiu para pacientes em sua carreira parecem outdoors piscantes em seu campo de visão frente àquela cena. Todas as teorias de cura, das etapas a serem cumpridas, estão em modo de pausa. Um sentimento de culpa preenche sua cabeça. Mas a culpa é por não seguir em frente ou por não ver o culpado pela morte de Akemi julgado por seus atos? Como seguir em frente se sua vida ficou para trás? Como criar uma rotina saudável?

Enquanto piores pensamentos revezam em tomar sua atenção, uma sucessão de atos automáticos se estabeleceu: Milena vai até o bar, a única estrutura montada em seu lar, abre um vinho, enche uma taça, pega seu frasco de remédio e no primeiro gole engole dois comprimidos.

Pode não ser saudável, mas há uma rotina. Pensa Milena

vendo a taça "meio cheia" que na verdade já está vazia. Hora do refil.

CAPÍTULO 18: LAR

Dirigindo, ou melhor, parado no trânsito, Silas já refletiu o que podia sobre o caso. Ele sabe que precisa de descanso. A mente humana tende a ignorar detalhes quando trabalha muito focada num único assunto. É uma característica evolutiva humana importante. Quando caçando a próxima refeição, fugindo de algum predador ou inimigo, não precisávamos pensar em cada passo que dávamos. E sim para onde íamos.

A humanidade já deixou isso para trás. A "caça" está no mercado ao lado de casa e predadores não são mais problema. Dentro de nosso ambiente urbano, nós somos o topo da cadeia alimentar. O predador supremo. Inimizades raramente são resolvidas em confrontos mortais. Pelo menos para a maioria de nós. Mas numa população de predadores supremos, a competição pode trazer de volta instintos adormecidos. Nossas leis não nos permitem matar uns aos outros. Mas também não impedem de acontecer. E aí entram a polícia e no nosso caso, Silas.

Enquanto divagava sobre a humanidade, Silas tentou diversos atalhos para contornar o trânsito. Ele não acredita muito em GPS. Conhece a cidade onde vive. Ou em tempos como esse, a selva. Ele está agora mais próximo de sua ex-casa do que da sua atual residência. Talvez seu subconsciente o tenha levado. Mas o que ele vai fazer com essa informação, é a parte racional de seu cérebro que decidirá. O córtex. Mais especificamente os lobos frontal e pré-frontal. Por mais que o lobo frontal exerça influência e até nos engane que essa é uma decisão baseada na razão, as decisões são tomadas mesmo no lobo pré-frontal, onde residem as emoções, dentre diversas outras funções.

\-   Oi Beth, a Larissa está aí? Estou perto daí. Estou levando uma pizza de janta. Tudo bem? - A pergunta final dessa frase é o que convence Beth.

Agora o cérebro de Silas está inundado de dopamina e muito ativo no lobo parietal: Silas está feliz e satisfeito com sua decisão.

Eu adoro a humanidade. De verdade. Sempre aprendendo mais e mais sobre si mesma. Superando eras bestiais, conflitos sangrentos, líderes tirânicos e alcançando a plenitude da civilização no século XXI. Onde a distribuição do dinheiro (por sinal, invenção maravilhosa) atinge níveis medievais, guerras sangrentas são vistas na TV e líderes trocam farpas por aplicativos de celular. Há quem diga que o auge foi a Renascença, ou a Europa pré Inquisição. Eu me contento com qualquer apogeu. Desde que possa ver a derrocada.

CAPÍTULO 19:
REALIDADE

Os sonhos nunca foram coerentes. Pelo menos não os que lembramos. Ninguém lembra de um sonho onde você acorda em casa, faz café da manhã e come sozinho na mesa da cozinha. Mas acordar numa praia, abrir a geladeira ali mesmo e ver sua colega de sala da época de escola primária chegar montada num cachorro gigante cobrando que você renove sua carteira de motorista sim. Este você lembra.

Por isso talvez Milena não lembre de seus sonhos. Eles não são tão interessantes quanto uma praia e cachorros gigantes. Milena não tem lembranças positivas em sua vida há algum tempo. E sua cabeça não procura personagens do passado distante. O presente ou passado recente estão vivos demais em sua mente. Talvez por isso as imagens menos felizes permeiam seus sonhos. Elas existem. As imagens felizes.

Ela experimenta mais uma vez a sensação de ver o primeiro sorriso de Akemi em seu consultório. Ela vê uma moça tímida, que ocupa pouco espaço com seus braços sempre próximos ao corpo. Um casaco amarelinho cobre seus ombros. A blusa por baixo do casaco é branca. A primeira pele à mostra surge só quase em seu queixo. Ela parece frágil. Imediatamente, a imagem muda. Akemi está diferente. Seus ombros agora estão afastados e nus. Há bastante pele exposta entre seu queixo e a primeira coisa a surgir parecida com tecido. Seus seios que pareciam não existir, são cobertos por um sutiã de renda preta. Seus olhos maquiados reforçam os traços orientais com bastante sombra e lápis pretos. O cabelo antes preso preguiçosamente por uma tiara simples estão esculpidos com gel e desafiam a gravidade.

Akemi desaparece. Milena agora vê apenas seus braços. O sentimento de desespero passa apenas quando ela os corta. O alívio de ver seu sangue escorrendo contrasta com a cena aflitiva. Como um rio intermitente que acha seus caminhos nas margens deixadas desenhadas na época de estiagem, o sangue segue um traçado definido por cicatrizes anteriores. Uma figura sem rosto ou personalidade agarra seus braços.

Ela vê uma parede branca com uma lâmpada. Aquela cena não faz sentido. Mas estamos em um sonho. Isso não parece tão anormal. Quando levanta a cabeça, acha a porta. Agora o teto com a lâmpada fazem sentido. Tenta se levantar mas suas mãos e pés estão pesados. Ela tenta de novo e vê que está presa à cama. Amarrada. Ela grita, mas nem a lâmpada nem a porta tomam conhecimento.

Surge agora o rosto de Sérgio. Ele sorri. Aquilo deveria parecer algo agradável. Mas o que ela sente não é. Enquanto ela busca rotular o sentimento, Sérgio deixa o sorriso de lado. Surgem aversão, desconfiança, tristeza, mas o que fica é raiva. Será que ela disse algo? Não há som. Ela se afasta. Mas não é por opção. A distância entre os dois começa a aumentar muito sem eles se mexerem. Ela mal vê Sérgio agora. A raiva não foi explicada. Ela apenas sentiu. Ela está agora com raiva dessa distância. Milena usa isso e corre em direção de Sérgio. Ela consegue vencer a distância. Afeto e carinho tomam conta de sua mente. Mas quando ela chega perto o suficiente, a surpresa. Não é mais Sérgio. Agora é Robert.

A taça de vinho cai de sua mão e se quebra no chão. Milena acorda. Ela sente dificuldade para ver o estrago que a taça com vinho fez no chão. Leva as mãos aos olhos e vê que estão molhados. Ela chorou enquanto dormia. Aquele cochilo não foi relaxante. Milena toma mais dois comprimidos e pega seu celular.

CAPÍTULO 20:
PEDAÇOS

Na mesa da sala, Silas se prepara para distribuir os pedaços da sua pizza reconciliadora. Ele não se lembra de jantar naquela sala desde que Larissa era criança. Larissa hoje é mulher. Quantos anos comendo só na cozinha? É melhor não viajar para esse tempo agora. Sua esposa aguarda um pedaço de Frango com catupiry. Ele serve sem perguntar. Ela agradece. Tudo indo bem! Pensa ele. Chegou a hora de servir a filha. Como esquecer a calabresa sem cebola?

- Sem cebola? - Indaga Larissa.
- Eu lembro que você prefere assim. - Silas está acertando tudo! Nem lembrou que gosta mesmo de pizza portuguesa. Sabor não incluído na oferenda em forma de pizza.
- Faz quinze anos que ela já come cebola, Silas. - A frase reprovadora na voz da esposa é familiar demais. Uma certa tensão surge. Silas está escolhendo muito bem as palavras e o tom de voz para se explicar sem desencadear o futuro de muitos jantares do passado.

Eu adianto para vocês: a pizzaria esfriaria em cima da mesa, gritos por toda casa, uma criança chorando e todos com fome.

Mas não dessa vez. Larissa toma a frente de seu pai:

- Ah vai, ele tentou! - Ri.

Quando Silas vê sua ex-esposa rindo também, vê que pisou em ovos à toa. Estava tudo bem. Por falar em ovos, ele devia ter pego uma portuguesa. Cheia de cebola.

Tudo vai bem para a surpresa e alívio de Silas. Comida boa,

clima agradável. Lembram de "causos", estão todos se divertindo. Uma família reunida como há muito tempo aqueles três não viam. As coisas parecem se encaixar até que a modernidade bate. Ou melhor, toca. É o celular de Silas. Silas não usa música. É um toque de telefone do século XXI imitando um toque de um telefone do século XX. Ele sabe que trabalho à mesa não é bem-vindo. Ele olha o celular, olha para a esposa. Beth acena com a cabeça e aponta a entre-sala com o garfo:

- Pode ir.

Silas limpa a boca e sai:

- Licença. - Fala baixo. Beth e Larissa riem uma para a outra. Aquele homem está tentando!

Quando repara no nome de quem liga, Silas entra em modo policial de novo. O pai e marido inseguros não são ideais para tratar com uma pessoa cada vez mais implicada em seu caso. - Boa noite, Milena. - Atende Silas.

- Eu sei que não devia ligar essa hora. Me desculpe. Ah! E boa noite.

- Era só isso? - Responde um irônico Silas.

- Não… eu só queria saber se tem mais alguma informação.

- Você se lembra dos nossos termos, dona Milena? Eu entro em contato com você. E não o contrário. - Milena já acha que é sua vez de falar:

- Eu só estou tentando te ajudar. Isso pode me ajudar também. Ninguém fala da Akemi…

Silas mesmo em modo policial, está de bom humor. Sente a angústia nas palavras de Milena. Mas também sente que Milena talvez esteja disposta a falar mais. E usa uma voz amiga e companheira para traçar sua estratégia:

- Dona Milena, eu entendo sua dor. Logo pela manhã estarei na delegacia. Entro em contato. Tudo bem?

- Claro, claro. Muito obrigado. Até logo. - Milena está mais aliviada.

- Até. - Desliga Silas.

-       Não comam minha calabresa sem cebola! - Silas volta para a mesa.

CAPÍTULO 21:
RELAÇÕES

Silas chega à delegacia. Vê a frente do lugar tomada por repórteres e curiosos. Passa batido, deixa seu carro numa rua paralela e entra pelos fundos. Antes de sentar em sua mesa, vê um bilhete com um nome e endereço: "Sérgio Amaranto, conhecido da vítima. Ligação de 181." Silas olha em volta e encontra seu capitão já ordenando com as mãos para seguir aquela pista. Silas acena, pega um café e já sai para averiguar a informação.

Sérgio abre a porta de seu consultório. Silas se apresenta como investigador responsável pelo caso de Carlos. Enquanto Sérgio lhe oferece um café - que Silas aceita prontamente - este ainda perambula seus olhos pelo escritório. Vê os quadros, diplomas de medicina e psiquiatria e finalmente um porta-retrato com Sérgio e Milena. O mesmo arrepio que acometeu Silas quando na casa de Robert se repete. Mas antes de chegar em Milena, ele precisa saber de Carlos.

- Então doutor Sérgio, segundo meu pessoal, o doutor se prontificou a conversar com a polícia sobre a vítima.
- O Carlos. - completa Sérgio.
- Precisamente. A sua especialidade é psiquiatria? Qual era a sua relação com ele? Médico-Paciente? - Silas não acreditava muito no que disse. Em toda sua carreira, seria a primeira vez que um ladrão teria um psicólogo, quiçá um psiquiatra. Afinal, a autópsia não revelou drogas ilegais ou legais em seu corpo. Outro bom motivo para existir aqui, uma relação.
- Primeiro, sim. Eu sou psiquiatra. Segundo, nossa relação

foi afetiva. Mas não duradoura. E ele não foi nunca meu paciente. - responde um taxativo Sérgio.

- Então não era uma relação profissional.

- Exatamente.

- Portanto não existe aqui o sigilo profissional sobre esse relacionamento.

- Mais uma vez, correto. Eu só quero ajudar a resolver esse horror que fizeram com o Carlos.

- E quem sabe, se excluir de uma possível lista de suspeitos. - cutuca Silas. Apenas para testar o bom doutor.

- Eu não tenho motivos para pensar assim. Mas entendo sua postura e seu trabalho. - Essa resposta e toda a leitura corporal condizem com alguém que fala verdade para Silas.

O bom doutor conta que conheceu Carlos e tiveram um caso curto mas intenso. Sérgio sabia que Carlos mexia com arte. Fazia entregas e retiradas, foi modelo. Mas nunca perguntou demais sobre isso. Sabia também do nível de relação que tinham. Mas confessa que se apaixonou e acabou cobrando mais do que devia na relação. Isso afastou Carlos. Por isso Sérgio não via Carlos como um oportunista. Mas também não é inocente demais para desconfiar desse tipo de morte. Isso não é normal. Dava presentes sem motivo. Carlos era gastador num momento e conservador em outro. Mas nunca buscou ser sustentado por Sérgio. Por isso quando Carlos ligou pedindo dinheiro e se esquivando de perguntas, Sérgio desconfiou de algo mais pesado. Sérgio confirma que deu algum dinheiro e Carlos sumiu de novo. Até aparecer na TV. Sérgio toma um tempo para si nesta hora. Silas respeita. Sérgio se recompõe.

- Era isso, senhor Silas. Isso é tudo que eu tenho sobre o Carlos.

- Eu agradeço, doutor Sérgio. - As palavras de Sérgio apenas enriqueceram o Perfil de Carlos. Mas a foto de Milena enriqueceu mesmo foi a curiosidade de Silas.

- Agora antes de partir, se o doutor puder me ajudar sobre

outra pessoa...

- Quem?

- Quem é aquela mulher na foto com o senhor?

- Essa é Milena. Uma colega. - Sérgio se lembra que Milena disse que encontrou o investigador do caso. Sérgio estava tão envolvido com seus próprios sentimentos que lhe escapou essa nuance da investigação.

- Ela me disse que foi até o investigador responsável. - Silas abre os braços.

- Vocês conversaram sobre o caso? - Indaga Silas. Sérgio sabe muito bem onde Silas quer chegar.

- Ela deve ter lhe contado sobre uma paciente dela.

- Akemi Matsumoto. - Silas seco. Todos os sinais de honestidade que Sérgio passou enquanto falava de Carlos, deram uma guinada para a mentira e dissimulação. Aos olhos de um leigo, o doutor estava apenas desconfortável por falar de uma colega. Mas para Silas aquilo era simples. Bem simples.

- Essa paciente mexeu muito com a Milena. - Disfarça Sérgio.

- Então é possível imaginar que ela sinta culpa pela morte dessa paciente? - Cava Silas.

- O que posso dizer sobre este caso é que Milena ficou muito abalada. Ela se afastou da profissão.

- Eu entendo, doutor. - Silas se levanta e vai em direção a porta.

- Isso é só o que você pode me contar?

- Nós dividíamos o consultório nessa época. Por isso sei do caso e da reação da Milena. Mas nunca trocamos anotações sobre pacientes. Isso seria...

- Antiético. - corta Silas. Que continua:

- Mas e se ela se tornasse sua paciente? Não seria mais antiético, correto?

- Não. Não seria. Hipoteticamente.

- Mas mesmo assim, não poderíamos falar sobre isso. Aquele caso de sigilo entre médico e paciente se aplicaria? Hipoteticamente, claro.

- Não, eu não fui médico dela. Portanto não se aplica. Nós

somos apenas colegas de profissão. - Silas agradece com um aceno.

-    Muito obrigado, doutor. - Mas antes de sair, Silas deixa claro que há mais nessa história.

-    Ah! realmente não é sigilo profissional. Isso tem outro nome.

-    O senhor conhece bastante das práticas médicas. - Silas interrompe o doutor:

-    Para um policial? Ah sim. E corporativismo é a mais suja delas. Obrigado pelo café. - Silas sai. Seu celular recebe uma notificação: o parceiro de crime de Carlos foi preso.

CAPÍTULO 22: AFLIÇÃO

Um rapaz entra em uma padaria de esquina. Ele olha para os lados aflito. Como procurando alguém. Senta no balcão e coloca sua mochila em seu colo. Protegendo-a. Um funcionário pergunta o que ele deseja. O rapaz não ouve. Baixa tanto seu boné que mal consegue enxergar. O funcionário é mais enfático:

-	Pede ou sai! Aqui não é lugar de nóia!
O rapaz faz sinal de silêncio para o funcionário.
-	Já saio! Pera aí.

Um outro funcionário, maior e mais forte o retira à força do balcão e o leva para a porta. O rapaz até tenta, mas não consegue se desvencilhar do bizarramente forte funcionário da padaria que o enxota para fora. E o rapaz parece mesmo dedicado a não deixar sua mochila. É a única reação realmente enfática de sua parte.
-	Lixo de gente. - Brada o funcionário enquanto limpa as mãos no avental e retorna para dentro da padaria.

Fora da padaria, o rapaz vê do outro lado da rua dois homens de terno e óculos escuros vindo em sua direção mexendo dentro do paletó. No lado oposto, uma delegacia. Ele precisa tomar uma decisão. Coloca sua mochila nas costas e sai correndo. Os homens de terno já estão do seu lado da rua. Ele atravessa a rua na frente de um ônibus. É xingado pelo motorista mas nem liga. Já em frente a delegacia, espera o ônibus andar e vê de novo os homens de terno. O rapaz pega um policial que saía pela porta pelo braço. É imediatamente imobilizado.

- Tá maluco? - Pergunta o policial. O rapaz nem liga que seu braço pode quebrar a qualquer momento. Ele só abre um sorriso quando vê os homens de terno tirando as mãos de dentro do paletó, disfarçando e mudando de direção. E se volta para o policial:
- Douglas!
- Que Douglas? Tá muito louco?
- Douglas. O parceiro do Carlinhos. O vida-loka da TV que morreu.

CAPÍTULO 23:
ESTRANHO

Numa sala de interrogatório já na delegacia de Silas, Douglas parece confortável demais. Afinal, aquele lugar serve para intimidar criminosos. Parede descascada, cheiro questionável, manchas secas de sangue. A cadeira torta desconfortável e uma mesa que grita "tétano" de tão enferrujada. E Douglas calmo. Silas entra.

- Então você é o parceiro do falecido? - Crimes famosos atraem todo tipo de mídia. E todo tipo de maluco. A frieza de Silas com Douglas é o primeiro filtro desses malucos. Mas ainda é necessário a eliminação de distrações referentes ao caso. A parte chata da investigação.

- Eu mesmo. Douglas Miranda.

Eu imagino que seja ele mesmo, Silas. Precisamos passar por toda a chatice do interrogatório?

Durante o interrogatório, Silas elimina as variáveis e confirma que se trata mesmo do comparsa de Carlos. Mas as informações mais relevantes são sobre o pós roubo. Douglas conta que Carlos estava tenso mesmo com um roubo bem sucedido. Jóias e ouro são fáceis de passar a diante. O combinado era ficar entocado e deixar o fruto do roubo "no gelo" (gíria para esperar). Com a brutal morte de Carlos, Douglas se desesperou e tentou passar sua "mercadoria" para seus receptadores. Mas a coisa não evoluiu e Douglas começou a ser seguido. Aí decidiu se entregar. Melhor preso de pé que preso deitado a sete palmos. O que Douglas conta que roubou, bate com o conteúdo de sua mochila. Menos um castiçal de ouro e um colar de diamantes. Que estavam com Carlos. Quando Silas pergunta o porquê da tensão de Carlos com tanta riqueza nas mãos, vem à tona a informação mais relevante disso tudo: Carlos surtou porque eles deixaram para trás uma faca. Bem esquisita, por sinal.

CAPÍTULO 24: IDAS

Silas sabe que precisa falar com Robert de novo. Ele sempre quis. É fato. Mas agora tem motivos. No plural. Este homem está envolvido com a história de Milena e agora entra para o caso principal. Usar Milena e Akemi seria um motivo fraco, mas agora ele pode "matar dois coelhos com uma cajadada só". Por mais cruel que seja o ditado, ainda explica sua situação.

Definido seu alvo, um Silas curioso e quase feliz chega até seu carro. Focado em seu objetivo, abre a porta. Sente uma grande dificuldade para abri-la. Isso não é normal. QUando levanta sua cabeça, vê que seu foco tirou sua visão periférica: Milena impede a porta de ser aberta.

-	Aquela conversa toda pra me enrolar, né? Nunca quis me encontrar. Vocês são todos iguais. - Refere-se Milena à polícia.

Silas explica que não usou técnica nenhuma. Muitas delas muito bem conhecidas por Milena. Iria mesmo entrar em contato com ela. Mas novas informações levaram a novas pistas...
Claro que Milena perguntou sobre as novas pistas. Silas respondeu. Do seu jeito:
-	Novas pistas sobre meu caso de assassinato. - Deixar Sérgio de fora foi particularmente estratégico de sua parte.

Milena explica que está tentando respeitar o trabalho de Silas. Silas destaca a ironia da explicação naquele momento e local. O Silas do telefonema estava influenciado pela aura familiar. Aqui, Silas é 100% policial. Ou o "antigo" Silas. Isso não agrada Milena nem um pouco:

-     Você não quer enxergar que o Robert é a ligação disso tudo. - Silas sabe que Milena pode ter razão. Mais um motivo para não informar que está indo encontrar o dito cujo. Mas sabe também que Milena não é confiável. Ela está muito envolvida com o caso. Isso seria motivo de afastamento até mesmo para policiais.

Mal sabe ele o quanto envolvida ela está! Mas isso é história para mais tarde.

-     Dona Milena, você acredita que eu quero resolver o caso?
-     Eu quero acreditar.
-     Então me dê tempo. Eu sou bom no que faço. Mas eu faço o que faço sozinho. Eu lhe prometo que qualquer fato concreto, entro em contato.

O detetive não é um robô. Ele é solidário a causa de Milena. Seus instintos já disseram que há mais a ser descoberto. Milena não se acalma, mas aceita. O que mais ela poderia fazer?

CAPÍTULO 25: DESPERDÍCIO

Toca o interfone. Escadas de carpete vinho. Casa escura. Um sorriso que pede um soco nos dentes. Silas encontra Robert mais uma vez.

- Boa tarde, Detetive. Ah, desculpe. Investigador.
- Olá senhor Von Shimmer.
- A que devo a honra?
- Aos seres humanos que insistem em cortar uns aos outros. - Silas não ia deixar aquele cinismo continuar.

Interessante escolha de palavras do detetive. Nada sutil, mas ambos sabemos do que vamos conversar. Mas assim como ele, eu preciso de mais informações antes do jogo realmente começar.

- Seres humanos, capazes de tanta beleza. - Robert aponta um retrato à òleo.
- E de coisas como essa. - aponta para o detetive.
- Sem coisas como essas, eu não teria trabalho. Por falar em trabalho... - Silas vai pescar com Akemi para depois caçar com a faca.
- Desde nosso primeiro encontro, o senhor passou a me assombrar.

Não por escolha minha, posso garantir.

- Dificilmente, detetive. Mas me diga, o que faz a minha pessoa tomar seus pensamentos?

Silas conta que Robert atestou a legitimidade de uma espada samurai usada em um crime. Robert pede mais informações. Silas indaga quantas espadas samurais legítimas usadas em um crime ele está ligado. Robert explica sorrindo que não está ligado a nenhuma espada samurai. Mas garante que trabalhou com muitas mais do que imagina o detetive. Por isso precisa saber "os quês": quem, quando e qual foi o crime para localizar em suas memórias de qual espada ele está falando. Silas conta de Akemi e Hideo. Robert se lembra. Ressalta que seu cliente ficou muito satisfeito com a informação e Robert inclusive ajudou no leilão da peça que rendeu bons milhares de reais para o dono. Mas não sabia que fora essa espada que matou seu dono. Talvez por isso essa espada nunca mais surgiu em seu radar. Provavelmente está mofando em alguma sala de provas da polícia.

-       Que desperdício. - Balança Robert sua cabeça.

Eu esperava uma conversa sobre lâminas, mas não essa especificamente. Quem poderia ter dado tal informação ao detetive? Eu sei. Vocês sabem. Mas vocês não sabem COMO eu sei.

-       Desperdício? Duas vidas ceifadas e você pensa na espada? - Silas provoca. Silas sempre provoca.
-       Ora detetive, não coloque palavras na minha boca. A situação toda é um desperdício. Vidas principalmente.

Eu menti. Eu prefiro mesmo a espada. Quem nunca mentiu que atire a primeira pedra. Quem nunca mentiu para a polícia, que dê o primeiro tiro.

Silas vai usar uma de suas técnica de investigação. Remete às antigas séries policiais como Columbo, que se fazia de tonto mas era o gênio. Genial mesmo era sua técnica: dava todos os fatos da investigação para seu suspeito e aguardava seu erro. Como uma aranha e sua teia. Silas admira a técnica mas não se faz de tonto.

-       Eu vou ser honesto, senhor Von Shimmer. Eu tenho um assassinato cometido com uma lâmina. Eu tenho o endereço do senhor no local do crime. Eu tenho outro crime cometido com uma espada. Tenho o senhor em contato direto com as vítimas de ambos os crimes. E tenho um roubo mal sucedido de uma faca estranha e, adivinha?

Eu não vou perder a oportunidade de completar esse raciocínio. Isso está muito divertido!

- Estou na posse de faca diferente acompanhada por um segurança.
- Você entende porque estou aqui, não?
- Claro, claro. Do jeito que você expôs a situação, ficou muito claro. Mas ainda assim… - É a vez de Silas completar o raciocínio:
- É tudo circunstancial. Eu sei. Por isso, você pode me informar quem é dono dessa faca?
- Claro detetive. - Robert sai.

Silas sente orgulho daquela conversa. Ele já se esqueceu do tempo que seu trabalho era tedioso. Atingir seus objetivos com uma apresentação de luxo é tudo que ele podia querer. Enquanto isso, Robert volta com uma caneta tinteiro.

- Onde está a ordem de justiça? -

Silas sente um arrepio, mas dessa vez ele sabe muito bem o motivo.

- Ordem de justiça?
- Ah, me desculpe. Eu não sei o termo correto. Mandato talvez?
- Eu não estou entendendo, achei que o senhor fosse anotar para mim. - Silas "dá uma de tonto" como nunca gostou. Mas sabia que estava derrotado.

- Sem algum documento que me exima de culpa por entregar um nome de cliente com contrato de sigilo à justiça, eu não posso fazê-lo.

Silas concorda e avisa que voltará em breve. Tenta disfarçar sua irritação enquanto sai. Mas o sorriso eternamente cínico de Robert o impede.

- Até breve, investigador. - Provoca Robert. Silas sai bloqueando alguns palavrões prontos pra sair de sua boca com um cigarro.

Após Silas deixar o apartamento, Robert calmamente pega o telefone e liga para o dono da faca. Informa o senhor Villas Boas que a polícia o procurou para saber sobre a tentativa de roubo da própria. O senhor Villas Boas então concorda em falar com a polícia. É raro a polícia o procurar como vítima. Quem sabe ele até aprecie a situação. Pede o contato do detetive.

Na rua, Milena observa um frustrado Silas sair do prédio de Robert. Ele ainda olha para cima e sacode a cabeça antes de acender o cigarro antes de ir até seu carro. Milena concordou em aguardar o contato de Silas. Mas nunca disse que ia esperar em casa. Quem ela vai esperar é Robert.

CAPÍTULO 26:
TOCAIA

As mãos de Milena tremem. Ela saca um frasco de remédio manipulado e toma dois comprimidos de uma vez. Engole a seco. Por um instante pensa no que está fazendo. Seria estranho? Seria demais? Seria... loucura? Ela é salva de seus pensamentos por Robert que finalmente sai pela porta do prédio.

Ela já seguiu alguém antes. Mas seus sentimentos pela pessoa eram o oposto do que sente por Robert, que é um pouco de medo e extrema repulsa. Mesmo assim, ela deve isso a Akemi. Já passou tempo suficiente para se curar. É hora de honrar sua amiga. Sendo mais honesta, sua amante. Sua paixão. Quem sabe a primeira verdadeira paixão. Aquilo começa a soar como obsessão em sua mente.

Robert para. Milena se esconde. É a segunda vez que Robert a salva de seus pensamentos. Ela está distraída. Precisa se focar mais. Robert entra num carro de aplicativo. É estranho andar três quadras antes de pedir um carro. Mas Robert é estranho. Excêntrico. Até dissimulado. Não há mais como seguir Robert. O carro some entre dezenas de outros carros.

Traída pela própria cabeça! Como não reparou que ele mexia no celular? Como não reparou que ele procurava algo na rua? Pensou que ele desconfiava de ser seguido. Mas como? Ela fez tudo certo. Deveria ter se antecipado, pediria um carro para si. É por isso que não pode deixar suas emoções atrapalharem seu raciocínio. Saca mais uma vez o frasco e toma mais um comprimido.

-      Por você, Akemi.

Milena sabe que falar sozinha não é bom sinal. Se não estivesse entorpecida, quem sabe ouvisse a si mesma. O remédio cumpriu sua função.

CAPÍTULO 27:
SURPRESA

Um quarto desarrumado, pode ser um filho ou filha adolescente. Uma cozinha com louça visível acima da profundidade da cuba pode ser uma semana corrida. Um banheiro com apenas toalha de banho cabe na vida de solteiro. Uma sala com uma mesa e uma cadeira, um morador solitário. Agora todas essas coisas juntas pertencem a um desleixado. Quando Silas entra em seu apartamento, ele pensa a mesma coisa. Em seus pensamentos, até existe a ideia de arrumar aquilo. Mas a ação realizada pelo cérebro dono daqueles pensamentos é abrir a geladeira sem olhar para dentro dela e pegar uma lata de cerveja. Isso não merece muito mérito pois além de cerveja, existem três vidros de mostarda. Dois deles fechados. Silas não tem tempo de pensar em lista. Mesmo por que sua "lista" de mercado contém apenas três ítens: cerveja, ketchup e mostarda. E ele compra sempre exatamente a mesma lista. Mas não faz ideia que consome muito menos mostarda do que os outros dois ítens de sua lista. Sua cabeça nem pensa em tantas atividades assim. Essa sucessão de atos é automática. Boa parte dela está preenchida com o sorriso de Robert. Que parece aquelas músicas que você nem gosta, mas quando ouve não lhe deixam dormir. Por isso o toque do interfone parece tão distante. Mas não é no vizinho. É o seu mesmo. Mas ele não se lembra de ter pedido comida.

- Alô?
- Sou eu, Silas.

Silas conhece diversos entregadores. Mas nenhum tem a liberdade que aquele está tomando. Aliás, aquela. É uma voz feminina. - "Que moça ousada" - pensa ele.

-       Silas? Tá me ouvindo?

Com o tom mais preocupado, a voz ganha o rosto: o de sua ex-mulher. A cabeça tão afiada de Silas para o raciocínio lógico não consegue reagir àquela situação. Mas seu dedo abre a porta mesmo assim. Ele desliga o interfone e antes de ir abrir a porta de casa, vê a pia. Se assusta. "Vamos ficar na sala". Claro. A sala tem uma mesa, uma cadeira, uma poltrona e uma TV. Ele já não pensa no caso de sua ex-esposa querer usar o banheiro. Pelo o que ele viu até ali, sua única certeza é de que não chegarão até o quarto. Sua campainha toca. Ele demora a reagir agora pois por um microssegundo, pensa se já ouviu aquele som alguma vez. Afinal, espera seus entregadores já faminto de porta aberta.

-       Beth? - Ele ligou aquela pessoa à sua frente à voz do interfone e lembrou do nome. Apenas isso.

Beth conhece muito bem o ex-marido. Simplesmente adentrou o recinto. Silas fecha a porta e só então percebe a cerveja em sua mão. Tarde demais para esconder. O que vem a seguir consegue ser mais desconcertante:

-       Tá calor né? Prefiro uma dessa do que esse vinho. - Beth larga o vinho sobre a mesa e Silas ouve o característico abrir de uma lata.

Beth e Silas já conversam mole. A mesa denuncia o motivo. Foram dez latinhas de cerveja. Cada. Línguas pastosas, termo que Silas não pensava desde os dias de novato na polícia, guiam o que se pode chamar de conversa. É mais um emaranhado de lembranças e críticas a uma Larissa adolescente. Pobre Larissa. A TV passa qualquer coisa. Serve só para fazer um barulho e prover luz. O celular de Beth tocava uma playlist que já acabou e ninguém fez questão de tocar outra. O assunto acabara também. Agora as risadas estão lá, mas são abafadas por sons do beijo. Beth mata a saudade de uns vinte anos daquele beijo. Porque os de dez ou cinco anos atrás não levavam a momentos excitantes. Eles estão recomeçando. Nada mais justo do que voltar ao início. A descoberta ou redescoberta de uma paixão.

Ao se deitarem, derrubam um resto de cerveja no sofá. Beth ri alto, Silas tapa sua boca com mais um beijo. Beth escapa dos braços de Silas e inicia uma caminhada lenta em direção ao quarto. Silas sabe que não é hora, mas lembra da situação do quarto. Peças de roupas femininas caem no chão e o cérebro de Silas o poupa. A única sensação são dois corpos deitados em algo macio. Silas demora um pouco mas lembra como se despir deitado. Quando o contato entre os dois corpos é apenas de pele, não existe mais cama, quarto, luz, tempo...

CAPÍTULO 28:
BANHO

Silas acorda e tenta se levantar. Mas algo bloqueia seu braço.

- Bom dia!

Silas salta da cama e quase joga Beth ao chão.

- Meu Deus! - Beth toma um baita susto.
- Desculpa amor! Desculpa, Beth.
- Amor está bom, Silas. Você parece um menino. - Beth ri. O último sorriso matutino que lembra de Beth, eles não tinham Larissa.
- Larissa! O que a Larissa vai pensar?
- Calma, ela não dormiu em casa. E ela pense o que quiser. Nós três somos adultos. - Silas não tem certeza disso. Não se sente adulto naquela situação. Dormir com a ex mulher é pecado? Ou blasfêmia?

Silas nem registra que sua filha dormiu fora de casa. Sejamos justos, ele não tem parâmetro para medir isso. Quando ele ainda sabia onde ela dormia, ela era apenas uma pré-adolescente.

Não há tempo para pensar muito mais sobre isso. Seu celular apita com uma notificação. É um email em nome de "Allure Offshore Financials" . Um tal de "sr. Villas Boas" o convidando para uma reunião naquela manhã sobre a tentativa de furto de uma antiguidade em sua propriedade. Silas não demora a ligar os pontos. É o dono da faca. Robert. Só pode ter sido Robert. E por que Robert faria isso?

-       É trabalho? Precisa ir? - A voz de Beth soa como veludo. Faz Silas relaxar. Ele achava que era imune a essa voz após tantas discussões e brigas. Mas agora parece mais um agrado. Ele se agarra a essa sensação:

-       É Beth. Amor! É importante.

-       Tá.

Como "Tá"? O que é "Tá"? Silas está confuso.

-       Eu vou só tirar um café. Dá tempo?

-       Dá... - Responde um reticente Silas. - Eu vou só tomar uma ducha e te deixo.

-       Relaxa. Tome seu banho, tome meu café e vá.

-       Amor... não tem café. Eu tomo o do trabalho.

-       Então tome sua ducha e vá. Me deixa a chave que eu dô um jeito nisso. - Aponta para a bagunça do quarto uma seminua Beth enquanto veste apenas a camisa "de ontem" de Silas.

Ele acena com a cabeça enquanto assiste aquela cena. Num momento de extrema lucidez, passa por cima da cama, agarra Beth e a arrasta para o banheiro. Os mesmos risos da noite anterior tomam o apartamento. O chuveiro é aberto.

-       Ai! Tá fria!

É a última frase compreensível.

CAPÍTULO 29: FOCO

Um ajuste na temperatura. Era o que faltava. Auto-massagem no couro cabeludo. Aquilo realmente relaxa. Porque não se dar ao luxo de um condicionador? Talvez até um creme pra pentear? Milena não se lembra da última vez que cuidou dos cabelos. Mas este momento é dela. Após o fiasco de sua aventura seguindo Robert, ela merece. Aquilo beirou mesmo a insanidade. O que ela esperava conseguir? Uma confissão? Sobre o quê, exatamente? Seguir uma pessoa já é estranho. Sem qualquer objetivo é ainda pior. E se ele a visse? E se a confrontasse? Enxágua os braços ignorando as cicatrizes. Lembranças de um passado resolvido. O presente é que interessa.

A bucha de banho é quem massageia suas costas agora. Robert é manipulador. Ela precisa estar um passo à frente para ajudar o detetive. A espuma do sabonete fragrância amêndoas doces escorre por suas pernas. Se ela conseguir conversar com Robert, quem sabe ele não entregue algo. Aquele homem é orgulhoso, ardiloso, vil. Uma cutucada. Não, uma provocação elaborada... Apoiada num banquinho aproveita o resto de espuma e depila suas pernas. Um gravador. Pode até ser seu celular. É tudo o que ela precisa. Uma confissão espontânea. E ela venceria. Iria fazê-lo sofrer. Dor. Sangue. Milena sem perceber cortou seu tornozelo.

Sai do chuveiro e pressiona o corte. Dá mais uma olhada no ferimento. Está aberto. Como sangra essa parte do corpo. Procurando alguma coisa para estancar melhor o sangue, que já mancha sua toalha, abre o espelho do banheiro. Gaze fica no armário embaixo. "Cabeça oca", pensa. Ao fechar o espelho embaçado, toma um susto com uma silhueta. Limpa o espelho e a silhueta se foi. Mas ela sabe muito bem quem era: Akemi.

Remexe suas caixas, tira um HDD externo e pluga em seu laptop. Senta no chão mesmo e revisando os arquivos de Akemi, acha um endereço relevante.

- Obrigado Akemi. - Fala sorrindo.

Foco. Era tudo o que precisava.

Milena se levanta ainda nua e pisando na trilha de seu corte, deixa pegadas ensanguentadas em direção ao quarto.

CAPÍTULO 30:
QUEIXA

Revigorado. É assim que Silas se sente. Um caso importante e complicado, a redescoberta do amor. É mais do que ele esperava a essa altura da vida.

Parabéns Silas!

A fachada do prédio impressiona. Silas entra pelo estacionamento. Pega seu ticket e se dirige aos elevadores sociais. Ouve uma chamada característica de rádio de comunicação. Dois homens de terno preto chegam até ele.

- Investigador, por favor nos acompanhe.

Silas obedece. Eles vão um pouco mais adiante dos elevadores, dobram uma esquina e se deparam com outro elevador. Diferente dos sociais. Outros dois homens de terno estão na porta. Como um pacote, os seguranças que trouxeram Silas até ali o deixam com os outros dois. Um chama o elevador, o outro pede permissão para revista-lo. Silas saca a arma, o segurança dá um passo para trás, Silas saca também o distintivo:

- Um não anda sem o outro, amigo. - Guarda a arma. Mantém o distintivo à vista.

Silas vê uma câmera de vigilância se mexer. Mais um contato de rádio e ele é autorizado a subir. Acompanhado por um homem de terno. Ao desembarcar do elevador mais dois seguranças.

O lugar é seguro. Vocês entenderam.

Villas Boas o recebe na porta de sua sala..

-    Bom dia investigador. Posso chamá-lo de Silas?
-    Claro. Você deve ser o autor do email. Senhor Villas Boas.
    - Nenhum dos dois levantam a mão para possível cumprimento.

Senhor Villas Boas conta que Robert, seu "colega" incomum, passou seu contato para esclarecimentos sobre uma "besteira" em sua residência. Para nenhuma surpresa de Silas.

-    Besteira? O senhor não foi roubado? - Silas sendo Silas.
-    Roubado? Foi mesmo uma tentativa frustrada. Eu mantenho uma boa equipe. - Villas Boas mostra seus homens.
-    Sim, sim. O senhor não chegou a comunicar essa tentativa à polícia não é mesmo?
-    Eu não vi necessidade de ocupar o tempo de uma instituição tão requisitada como a que o senhor pertence por mera tentativa. Afinal, o artefato alvo dos meliantes nunca deixou minha propriedade.
-    Então foi apenas a faca. É uma faca esse artefato que o senhor se referiu, não?
-    Sim. Uma raridade em forma de faca.
-    Claro. Robert comentou sobre isso.
-    Então acho que é tudo. Desculpe fazê-lo perder seu tempo, Silas. Mas não tenho mais informação além do que acabei de lhe contar.
-    Desculpas aceitas. Mas já que estou aqui, a instituição a qual pertenço paga com dinheiro público para eu usar meu tempo investigando um pouco mais do que a vítima tem a contar. Trabalho de polícia, sabe? - Villas Boas engole a ironia com um sorriso.
-    Eu vou ser honesto com o senhor. Eu tenho um corpo de um suspeito de roubo aberto por uma lâmina, eu tenho uma faca rara passeando pela cidade com um perito e ho-

mens de terno. Agora eu tenho uma tentativa de roubo dessa faca. E tenho outro suspeito, parceiro do morto, em custódia cheio de ouro e jóias. Que se entrega por estar sendo seguido por homens de terno. Mas sabe o que eu não tenho? Nenhuma queixa sobre roubo de ouro ou tentativa de roubo dessa faca. Agora estou no escritório do talvez presidente da Allure Offshore Financials, uma empresa que minha delegacia ainda está procurando exatamente o que diabos vocês fazem por aqui. Percebeu onde quero chegar?

A sensação de Silas nesse momento rivaliza com sua noite anterior. Perde. Mas por pouco. Senhor Villas Boas por outro lado precisa se livrar daquele policial. Investigador, Silas, não importa. Por uma faca, a polícia está fuçando em seus negócios.

Que convenhamos, não são tão diferente dos meus.

- Eu diria investigador, que o senhor quer cooperação para resolver esse infortúnio com o artefato para seguir investigando seu caso de assassinato. Não acredito que tenha interesse em finanças e investimentos. Acredito que nem seja o seu departamento, não é?
- Eu gosto de falar com pessoas inteligentes por isso.
- Talvez com um suspeito morto e o outro sob custódia, além desse ouro que segundo o senhor mesmo disse, já está aos cuidados da polícia. Então meu único envolvimento com essa falácia é ser dono do artefato.
- Da faca.
- Isso. Da faca. Que como o investigador mesmo constatou, está aos cuidados do senhor Robert.
- Protegida pela sua segurança.
- Sim, é uma posse valiosa. Mas veja bem: porque eu chamaria a atenção para minha pessoa e minha empresa cometendo esse horrendo crime por uma peça que nunca deixou de estar onde devia? Afinal, eu o convidei até aqui para esclarecermos isso tudo. Quem sabe onde o seu suspeito sob custódia conseguiu tais peças de ouro e jóias se não há queixa? - O lin-

guajar de Villas Boas muda para deixar claro suas intenções - Um bandidinho descobre que seu parceiro foi aberto por algum açougueiro e o medo o leva a fugir de sombras? Onde isso pode levar? O quanto esse pobre rapaz é confiável? Abrir outra frente de investigação sendo que nada tenho a esconder?

- 	Acho que essa parte cabe a mim decidir, não?
- 	Você foi honesto comigo. Eu agradeço isso. Deixe-me retornar o favor: caso o roubo fosse bem sucedido, acredito que nós teríamos algo para conversar.

Silas ouve o que queria. O detetive só precisava riscar da lista de suspeitos um ricaço que poderia ter seu orgulho ferido por um roubo. Mas esse não é o caso do senhor Villas Boas. Ele é mais rico e mais perigoso. Ele não é do tipo que mata por isso. E pelo o que ele mataria, nem Silas quer descobrir. Ele e sua família podem se tornar alvo. Ele é apenas um policial. Ainda mais agora que tudo está caminhando bem. Então é hora de acabar por aqui. Seu caso é um assassinato. E não… seja lá os crimes que acontecem nessa empresa.

- 	Nisso nós concordamos. Mas se por acaso surgir algo novo…
- 	Eu estou disponível para quaisquer esclarecimentos, investigador.
- 	Isso até pareceu assinatura de email, não?
- 	Eu não saberia dizer. Meu secretário que cuida dessa parte eletrônica.
- 	Obrigado pela reunião, Villas Boas. Eu aprendi muito.
- 	Boa sorte, Silas. Eu espero realmente que tenha sucesso em sua empreitada.

CAPÍTULO 31: PREFERÊNCIAS

Num ambiente escuro com luzes estroboscópicas dificultando ver qualquer coisa, Robert desvia habilmente dos corpos saltitantes à sua frente até encostar num bar. Música eletrônica toca em volume ensurdecedor a 120 bpm (batimentos por minuto). Robert troca duas palavras com uma bartender estilo gótica. Cabelos negros, pele branca pálida, batom preto e tantas pulseiras que seus braços franzinos não deveriam aguentar o peso. Ela abre uma porta de baixo do bar e serve Robert com um drink. Não chega a ser um drink, apenas algo transparente até a metade num copo de uísque. Robert paga em dinheiro.

É apenas vodka. Nada sinistro ou de outro mundo. Eu admiro lugares que respeitam sua privacidade ou estilo. Aqui ninguém liga como você se veste, o que faz, sua idade ou que boca beija. Corpos se esbarram, fluídos são trocados na penumbra. Odiou? Eu entendo perfeitamente. Gostou? Não, não posso dizer onde é. Isso sim é um segredo. Para você. Não para as 300 pessoas presentes, obviamente.

Robert flerta com alguns homens enquanto perambula por um labirinto 3D de gente, mesas, palcos e pilastras. Pessoas se beijam. Às vezes três de uma vez. Ele ri enquanto toma seu drink. Um mamilo com piercing é puxado de forma violenta logo a sua frente. Robert admira a cena mas segue. Seios femininos descobertos rivalizam com peitos nus masculinos. Ele continua até encontrar um rapaz que poderia ser irmão gêmeo da bartender. Havia direção e sentido específico no caminho de Robert mesmo naquele caos. Um aceno com um sorriso de Robert parece dar vida àquele fantasma. Robert o segue até uma cortina grossa de cor grená na parede. O rapaz abre a cortina e após a passagem de Robert, a cortina se fecha como se não houvesse passagem nenhuma ali. A música diminui enquanto Robert caminha por um corredor iluminado como um túnel em tempos de guerra: lâmpadas incandescentes a cada 5 ou 6 metros com fios à mostra. Uma ou outra falha. Outras nem acesas estão. É difícil enxergar, mas há algumas portas entre as lâmpadas. Robert segue sem desviar seu olhar. Finalmente chega ao fim do corredor que dá numa porta de mogno entalhada com os nove infernos de Dante. Ao abrir, sente o peso da mesma. Ela é antiga. Sólida. Mas não há um rangido sequer.

A sala após a porta é claustrofobicamente pequena. Não há janelas. Uma lâmpada amarela no teto ilumina o ambiente. Em frente à cadeira estofada que lembra quase um trono, uma cortina. Robert senta-se. Numa pequeno passa-prato giratório ao lado, ele deixa o copo já vazio. Imediatamente o passa-prato gira e retornam outra vodka e um tablet. Robert toca com sua digital e o tablet destrava.

-   "Bem vindo senhor Von Shimmer. O que gostaria de vivenciar?" - Com uma voz feminina, o tablet o recebe.

Há 4 colunas móveis na tela. As descrições são na ordem: "Artista, Cobaia, Safeword[1], e finalmente Nível". Na primeira, Robert seleciona "Ingrid". Na segunda há imagens de RGs e carteiras de motoristas com diferentes etnias, idades e gênero. Robert move a coluna e seleciona um homem branco. Robert pula a terceira (Safeword) e na quarta e última coluna, seleciona "Nível: SEVERO". Imediatamente a coluna "Safeword" apaga e torna-se inacessível. O tablet passa ao menu de cobrança via cartão de crédito a qual Robert autoriza com sua digital mais uma vez. Não está especificado o valor. O tablet escurece a tela e apenas uma palavra surge em fonte arial branca: "Enjoy". Robert coloca o tablet no passaprato e pega sua vodka. A luz se apaga. O passa-prato recolhe o tablet. A cortina se abre.

É como uma vitrine para um quarto de criança. Após anos esquecido. O papel de parede de anjos está caindo aos pedaços. A iluminação vem de um candelabro em forma de móbile de ursinhos. O carpete felpudo branco manchado salta do piso. A artista escolhida, Ingrid, tem 1,80m de altura, está caracterizada com a pele branca craquelada imitando porcelana antiga. Batom vermelho apenas no centro dos lábios. Seus olhos azuis estão maquiados com rímel forte preto seguido de sombra também escura. Se movimenta como uma boneca sendo manipulada. Ela não pisca. Seu vestido envelhecido vermelho e preto cheio de babados escondem pouco do corpo de Ingrid. Seios à mostra e saia curta deixam pouco para a imaginação enquanto esta se apresenta. Robert toma um gole de sua vodka e relaxa na cadeira.
Ingrid aciona uma alavanca e a cama fica em pé revelando um homem nu amordaçado e amarrado. É o homem que Robert escolheu. Ele tenta se desvencilhar, mas é inútil. Ingrid então pega numa mesa de instrumentos de cirurgia, um bisturi. O homem se debate assistindo aquilo soltando urros. Ingrid se dirige ao peito do homem fazendo medições que lembram as de um médico legista.

A partir de agora, a coisa fica um pouco gráfica. E a descrição do pobre autor não revelará realmente a natureza da cena. Eu acredito muito mais na sua imaginação.

CAPÍTULO 32:
CHOQUE

Um rabo de cavalo preso com elástico, uma camiseta molhada sem sutiã chamam a atenção da bartender gótica. Milena a chama ao pé do ouvido e ao mesmo tempo que fala, gesticula para descrever uma pessoa.

Eu, claro. Mas não é uma descrição digamos... precisa ou sequer eloquente.

A bartender dá de ombros e aponta a prateleira de bebidas. Milena saca algumas notas, aponta o conhaque e o martini e faz sinal de "duplo". Enquanto toma, a bartender devolve o troco empurrando as notas no balcão. Milena bate o copo em em cima das notas. A bartender revira os olhos e serve outro drink duplo.

Milena olha em volta procurando Robert. Ela foi até ali por um impulso. É um lugar que está vivo em sua lembrança devido a Akemi. A dificuldade de enxergar natural do lugar aprimorada pelas doses de bebida tornam tudo um borrão pulsante. Corpos amontoados dançando já não a incomodam mais. Ao passar por uma mesa, agarra um copo. Vira. Troca por outro cheio em outra mesa. Muito específica quando no bar, agora cada copo é uma surpresa. A música invade sua mente. O calor toma conta de seu corpo. Ao fechar os olhos, entra em transe. A batida da música corresponde às suas batidas do coração. A sensação de leveza é entorpecente.

Se Milena não reparou o que vestiu quando saiu, seu estilo casa muito bem com o lugar. Suada, sua camiseta está transparente. Ainda de olhos fechados, sente seu corpo ser tocado. Normalmente isso seria suficiente para se afastar ou instintivamente abrir os olhos. Mas mesmo ao ser beijada, eles permanecem fechados. São outros instintos que guiam Milena agora. Alguns que não sentia há muito tempo. Outros que havia esquecido que existiam.

Uma fragrância conhecida a faz despertar do sonho acordada. Localiza um casal peculiarmente familiar. É Robert com... Akemi? Aquilo não é possível. Surreal não descreve. Aquilo seria viagem no tempo. O sorriso de Robert a faz congelar. Ela se dirige ao encontro do casal mas estes parecem andar mais rápido mesmo em meio a multidão. Como num sonho, ela parece andar em areia fofa. O casal se afasta. Se livrando dos corpos à sua frente, ela consegue chegar perto o suficiente para quase tocá-la.

-       Akemi! - Um grito surdo que não alcança nenhum ouvido.

Robert já foi. Num último esforço, ela puxa Akemi pelo braço.

Uma mulher ocidental desconhecida a encara. O cabelo lembra mesmo o de Akemi. A garota tira suavemente sua mão, faz sinal de "não" com um sorriso sexy. Pisca e se despede arremessando um beijo antes do muro de corpos engoli-la.

Milena não sabe o que pensar. Leva a mão ao coração. Está palpitando. Não localiza um sutiã e quando olha para baixo, se assusta. Busca se cobrir. Ninguém repara. Por isso ela pega sobre um bistrô uma jaqueta qualquer e foge dali o mais rápido que pode.

CAPÍTULO 33: ABALO

Chegando à delegacia, Silas fuma, estaciona o carro e usa o celular ao mesmo tempo. Enquanto tira da marcha ré, se vira e encontra o rosto de Milena colado à janela. Seu cigarro cai com o susto. Ele larga o celular no banco e procura desesperado onde caiu o cigarro enquanto Milena assiste. Ao tatear o piso do carro, queima a mão na brasa. Silas fica mais satisfeito de achar o cigarro do que ferido pela queimadura. Volta o cigarro até sua boca e mostra o celular pela janela. Milena chega mais perto para ver o que Silas tenta mostrar. Na tela, uma ligação para Milena está em andamento. Ambos param aguardando qualquer reação um do outro. Silas indaga agitando o celular. Milena checa a bolsa:

- Não tá comigo. Tô sem celular.

Silas sai do carro, apaga o cigarro no chão e cancela a ligação enquanto tosse. Antes de terminar de tossir, Milena fala:

- Preciso falar com você.
- E eu com você. - Responde Silas entre pigarros.

Milena vai em direção à entrada da delegacia. Silas a puxa e vão até uma padaria distante um bom quarteirão. Nenhum dos dois abre a boca até estarem sentados. Milena pede um suco de laranja, Silas um café.

- O que eu sei, e o que eu não sei, doutora Milena? Ainda é doutora, não?
- Como assim?

Silas conta que esteve com Sérgio. Ele mesmo entrou em contato com a polícia para prestar esclarecimentos sobre Carlos, a vítima do crime que Silas investiga. Apesar de orbitar diversos outros casos talvez mais nebulosos. Conta sobre a foto no consultório de Sérgio. Milena explica a mesma coisa que Sérgio: são colegas. Dividiam um consultório. Mas Silas quer informações sobre Robert.

Ele vai descobrir uma ou outra coisa a mais sobre isso.

-      Essa parte eu sei. Eu quero saber porque você acha que o Robert matou Akemi.

Silas já vê todos os trejeitos de alguém bolando uma história. O que sempre gera uma mentira. Ele não tem mais tempo para ser enrolado. Por mais que isso lhe dê mais informações do que o interlocutor se atente. Mas agora ele precisa de fatos. Antes que Milena abra a boca:

-      Antes que você venha com essa história que tá aí na sua cabeça, eu tenho uma linha de investigação onde Robert é suspeito. Mas não há provas concretas sobre isso. Que tal me contar melhor a história da Akemi e onde Robert se encaixa nela?

Milena arregala os olhos. Ela ouviu algo que há muito espera, mas o custo pode ser alto.

-      Para agilizar as coisas, sabe? - Silas "brinca"

Milena respira fundo. Akemi e Milena se encontraram por acaso. Ou foram juntadas pelo cosmos. Quem sabe dessas coisas? Akemi ouviu no restaurante do marido onde trabalhava duas clientes conversando sobre terapia. As clientes eram assíduas frequentadoras do lugar. Num momento de extremo esforço emocional, Akemi pediu informações sobre terapia e recebeu de uma delas um cartão de Milena. Akemi procurou ajuda para tratar sua extrema timidez. Mas na verdade, vivia um casamento abusivo. O tratamento de Akemi não evoluia. As sessões não progrediram. Tentando se aproximar mais de Akemi, Milena surfou por táticas não muito ortodoxas. Saíram juntas, iniciaram uma amizade. Milena achava que talvez o consultório bloqueasse Akemi. Ela tinha razão. Após essa relação mais íntima, as sessões evoluíram. A reação a essa ação de Milena, foi ela mesma se abrir também para Akemi. Milena chegou à conclusão que Akemi não era tímida. Ela não sabia quem era. Observou uma ausência de personalidade. Uma criação retrógrada que a fez encontrar um marido. Marido esse que ela esperava que lhe mostrasse o mundo. O que no começo até aconteceu. Mas após o casamento, a relação ficou doente. Ela se tornou uma esposa reprimida. A força de Akemi para tentar achar alguma solução para sua vida ganhou a admiração de Milena. Mas entre a pena e a admiração, Akemi ganhou também o afeto de Milena. Esse afeto se transformou em amor. Porque não, ela ser a ponte para o mundo que Akemi sempre sonhou?

E aí que surge Robert. Milena nunca criou coragem para externar o que sentia por Akemi. Até que certa noite, Akemi a chamou para sair. Para uma boate. Elas se encontravam apenas de dia. Almoços, passeios.

Chegando à tal boate, para a surpresa de Milena, Akemi estava completamente diferente. Roupas, atitude e também acompanhada.

- De Robert. - Comenta Silas. Milena concorda com a cabeça.

Akemi estava aos beijos com Robert e outra moça. Aquela cena não encaixava com a Akemi que Milena via. Mas Akemi estava feliz. Quando indagada por Milena do que aquilo se tratava, Akemi disse que aquilo era um "Obrigado". Sem Milena, ela jamais teria conseguido passar em frente a um lugar como aquele. Quanto mais usar aquelas roupas. Mas o verdadeiro agradecimento veio com um beijo. Abalada, Milena não sabia como reagir. Akemi a chama para conhecer seus amigos. Milena nem sabia que Akemi tinha amigos. Milena comenta com Akemi que não está confortável. Precisava ir embora. Atenciosa, Akemi se oferece para ir junto. Milena mente e diz que está tudo bem. Ela deve curtir a vida dela. Elas se vêem na próxima sessão.

Depois disso, as sessões diminuem de frequência. Akemi

está mais solta. Livre. Milena ainda vê Robert buscar Akemi em seu consultório uma ou duas vezes até Akemi deixar de frequentar a terapia.

Para surpresa de Milena, após semanas, Akemi reaparece. Está entre a Akemi que começou a terapia e a Akemi que viu na boate. Akemi explica que precisava daquilo. Precisava se conhecer. E que um dia "sacou" o que queria. Ficar com Milena. Ela deixa isso claro em como avança em Milena.

Elas iniciam um relacionamento. Akemi dá início ao divórcio. As sessões podem não ter ajudado Akemi tanto quanto Milena esperava, mas um relacionamento saudável sim.

- Ter um caso fora do casamento com a própria psicóloga configura um "relacionamento saudável" para a doutora?

Akemi vivia de extremos. Aos olhos da profissional Milena, sem os pudores e normas sociais influenciando seu diagnóstico, sim. Ela estava melhor. Mais saudável do que quando chegou ao seu consultório.
Foi quando o crime aconteceu. Ela sabe que foi Robert quem a matou. Ela imagina que foi a rejeição. Robert achou que fora traído. Forjou o assassinato pelo marido para se livrar. Robert é diabólico.

Silas está cético. Milena sabe que aquilo é um pouco demais, mas se Silas prestar atenção às circunstâncias do dois crimes, vai ver que são parecidos. Qual outro suspeito tem Silas? Ele achou algum motivo para a morte de Carlos? Porque Robert está parcialmente envolvido em dois casos de assassinato tão semelhantes? Do ponto de vista da morte em si.

Silas não discorda. Explica que o caso de Akemi está fechado. Os policiais que investigaram acharam provas concretas do assassinato/suicídio. Milena toca as mãos de Silas e pede apenas que ele não esqueça de Robert. Acerta a conta no balcão e vai embora.

Robert continua suspeito. Mas essa história toda conta

muito mais sobre Milena do que sobre Robert.

CAPÍTULO 34: ACOMPANHAMENTO

Para confirmar a história de Milena, Silas precisa falar com Robert mais uma vez. Ele sente que a cada conversa com Robert, fica mais longe da solução desse caso. Mesmo que esse nome não pare de atormentá-lo.

Aquele mesmo prédio, mesmo interfone, mesmo carpete vinho. Robert o recebe.

Eu já disse que torço pelo detetive. Mas lá vamos nós desviá-lo do caminho mais uma vez... Chega a ser triste. E divertido.

Silas pretende ser prático dessa vez: Akemi. Caso amoroso. Hideo. Espada. Assassinato.

Robert assume sem pestanejar:

- Culpado, meritíssimo! Eu tive um caso com a esposa do meu cliente.
- Você assume que traiu seu cliente? Isso não vai contra sua ética profissional?
- Jamais traí meu cliente. Eu atestei a veracidade da origem do seu artefato. Arranjei um leilão e lhe disse o valor a buscar. Isso foi além das funções por ele contratadas. Eu diria que fiz mais favores do que realmente trabalhei para o falecido.
- Comer a esposa do falecido está incluso nesses favores? - Silas fala quase rindo.
- Ora, detetive. Quem o traiu foi a Aline. Ou Akemi, como senhor a chama. Pobre garota. Eu fui apenas o instrumento

dessa traição. Um instrumento fálico, se me permite a indiscrição.

- E quando ela quis encerrar o caso? Qual foi sua reação?
- Como eu mesmo coloquei, fui apenas o instrumento de traição. Mulheres casadas costumam voltar para seus problemas depois do ato consumado. Eu acho esse arranjo de grande valia. Nunca julguei o que ela procurava. Eu tão pouco me interessava.
- Então ficaram a sós apenas uma vez?
- Não apenas uma vez. Nem a sós. Que mal lhe pergunte, qual o interesse do detetive em minha vida pessoal? É profissional ou quem sabe...
- Estritamente profissional. Minha relação com o senhor será sempre com distanciamento profissional. - Silas frisa.
- Parece que o detetive anda falhando no distanciamento. Afinal, o senhor insiste em me procurar.
- Seu nome continua aparecendo a cada passo que dou.
- Espero que as informações que lhe dou o levem adiante.
- Eu espero a mesma coisa. Voltando... O senhor encontrou com a Akemi mais de uma vez?
- Sim. Nós saímos algumas vezes. Mas nunca a sós. Ao que me parece, ela começou a questionar a dicotomia do casal formal. Ela estava ampliando sua visão de amor. E principalmente, de sexo.
- O que o senhor está dizendo realmente?
- Orgias, detetive. Mas eu acho que essa conversa tomou um rumo extremamente pessoal e por mais que não me envergonhe da minha vida, não fico confortável em discuti-la com um detetive ainda mais sem saber do que realmente se trata.
- Estou chegando lá. Você já a buscou num consultório. É verdade?
- Sim. A busquei mais de uma vez. Eu não julgo, mas o apetite dela era mais voraz após as consultas.
- Sabe qual a especialidade do profissional que ela visitou?
- Especialidade? Eu conheci a profissional. Se é que podemos dar essa alcunha para Milena.

- Ela participava de... do... - Silas procura palavras.
- De suas aventuras com Akemi?
- Não. Mas do jeito que ela avançou sobre mim aqui na porta da frente, eu imagino que a vontade era grande.
- A psicóloga da Akemi avançou no senhor? - Silas está legitimamente surpreso.
- Sim. Milena o nome dela. Me confrontou sobre Akemi. Armou um pandemônio. Eu devia me afastar dela, eu não era boa influência... O bom e velho ciúme, a meu ver.
- E o senhor continuou a ver Akemi?
- Eu me distanciei dessa história o mais rápido que pude. Meus vizinhos não merecem esse tipo de infortúnio.

Robert ainda contou que encontrava Akemi pois frequentavam os mesmos lugares. Durante um certo tempo. Depois ela sumiu. Ele só ouviu falar dela de novo após o crime ficar famoso.

Como previsto, aquela conversa o afastara mais de Robert. Silas desconfia de Milena mais do que nunca.

Eu avisei.

CAPÍTULO 35: SINAIS

Com a história de Milena ganhando nova roupagem, Silas tem apenas mais um ângulo para montar o quebra-cabeças sobre Akemi. A ironia ri para Silas: ele agora investiga um caso resolvido. Mas desse balaio de gato pode sair algo útil.

- Silas. Olá.
- Bom dia doutor Sérgio.
- Sérgio está bom. Ou prefere que o chame de investigador?
- Podemos nos tratar pelo primeiros nome. São só vícios da profissão.

Por mais que Silas esteja ali para um interrogatório disfarçado, a leveza da conversa e do ambiente são uma dádiva para Silas. Oposto da guerra mental com o obscuro Robert.

Silas é direto. Está lá para falar de Milena. Ela não está muito bem da cabeça. Área de ambos, por sinal. Sérgio abre o jogo: também está muito preocupado com Milena. Ele conta tudo sem jogo de palavras. Muito diferente da polida conversa profissional que tiveram há poucos dias.

Milena chegou a seguir Akemi. Estava literalmente obcecada. Perdendo o contato com a realidade. Dizia que Akemi estava sob a sombra do mal. Influenciada por forças escusas na forma de um homem. "Robert" - pensa Silas.

Sérgio sugeriu que Milena se afastasse de Akemi. Mesmo sendo seu amigo, aquela história já extrapolava a figura de confidente de Sérgio e descambava para a má prática da profissão de ambos. Com o fim do relacionamento... É hora de Silas intervir:

- Fim do relacionamento? Eu achei que elas iam ficar juntas.

- Silas é pego de surpresa como audiência de novela. Aquilo o enfurece. Ele nem assiste novela!
- Sim. Akemi terminou o relacionamento. - Explica Sérgio duvidando agora da inteligência de Silas.
- Mas Akemi ainda ia se divorciar, não?
- Sim. E Milena era o último elo de Akemi com sua antiga vida. Milena foi uma boa guia, mas agora era hora de Akemi seguir sozinha. Viver suas próprias aventuras.
- E Milena não lidou bem com isso... - Silas fala em voz alta para lembrar que a soberba está sempre à espreita. E a soberba cega.
- Esse é o fato que desencadeia todo o surto, Silas!

Sérgio continua e conta que iniciou tratamento psiquiátrico com Milena. Que por motivos óbvios, havia escondido tal informação quando falavam de Carlinhos. Silas sabia muito bem desse ocorrido. Mas o momento é de ouvir e não se vangloriar. Ele viu a seriedade da situação de Milena quando flagrou um ato de automutilação. Exercido em pleno banheiro do consultório.

Com remédios, internação, hipnose e técnicas de mudança de comportamento, Milena respondeu bem.

- Você ainda tem certeza disso, doutor?

Sérgio sério, concorda que "não" com a cabeça. Mas em certo momento, teve sim certeza. Como tudo isso foi feito "às margens da legalidade" por assim dizer, Ele mesmo corre risco de perder sua licença médica.

- Quem sabe nós dois deveríamos perder nossas licenças... - Silas divaga.

O investigador respira fundo, recosta-se na cadeira. Ferido no ego, tenta deixar de se martirizar por ter um ponto cego tão gigantesco em sua investigação. Seus olhos sobrevoam o consultório e aterrissam num objeto peculiar.

- O que é aquilo? - Silas aponta na prateleira uma faca que lhe é muito familiar.

-       Isso foi um erro. Mais um de muitos, na verdade.
-       Que dia... - Murmura Silas.
-       O que disse?

Silas desconversa sobre o comentário. Sérgio diz que foi presente de Carlinhos. A lembrança traz leveza às expressões de Sérgio. Quase rindo, conta que foi uma das tentativas de Carlos ganhar algum dinheiro. Mas acabou que a faca era falsa. Um amigo de Carlos é especialista em antiguidades e atestou a falsidade. Para tristeza de Carlos. Uma curiosidade: dizem que uma faca como aquela...

-       Matou Júlio César. - Completa Silas. Para surpresa de Sérgio.
-       Eu ouvi essa história em algum lugar. Mas por que mais um erro? - Silas corre com a conversa.

Milena procurou Sérgio para conversarem. Milena estava transtornada. A descrição dos fatos é bem gráfica: Milena acusa Sérgio de não acreditar nela. Quem sabe nunca acreditou. Sérgio tenta explicar que ama Milena. Mas ela não está bem. Ele pede desculpas, mas talvez tenha sido muito cedo dizer que ela estava curada. Erro dele. A cabeça de Sérgio também está bagunçada com essa coisa horrível que aconteceu com Carlinhos. Milena é tão tenebrosa quanto distante em sua próxima frase: Ela diz que então agora, Sérgio sabe como é perder alguém querido e não poder fazer nada. Ela dá ainda um tapa na faca e a derruba da prateleira.

-       Eu vou chutar um palpite, agora: foi com essa faca que ela se cortava?

Sérgio cai em prantos. Aquele objeto o lembrava de uma pessoa querida. Ele a retirou da vista de Milena. Mas com o choque da morte de Carlos, ele voltou a exibi-la. Por carinho. Por amor.
Silas aponta se não seria de mau gosto exibir uma faca em homenagem a alguém que teve a morte de Carlos. (Aberto por uma lâmina).
Sérgio explica que ele via apenas um presente. Algo que Carlos

tocara. Ele só percebeu o quanto amava Carlos, após perdê-lo. E agora era definitivo.

Sérgio desaba sobre a mesa. Silas se levanta.

- Meu pêsames, doutor. Eu vou fazer de tudo para pegar o assassino do seu amigo.

Sérgio se levanta ainda chorando muito:

- Obrigado, Silas.
- Não me agradeça ainda.

Sérgio apenas ouve.

- Se você não procurar o conselho de medicina ou a junta médica responsável, eu vou.

Silas deixaria o consultório estarrecido. Se fosse um novato. Mas aquela conversa bizarra com revelações absurdas acabou sendo esclarecedora. Milena agora é suspeita.

CAPÍTULO 36:
GENTIL

Robert ouve um ronco de motor. Em frente seu apartamento, estaciona um enorme SUV preto. Desce um homem de terno preto, óculos escuros com uma maleta algemada ao punho. Robert abre o portão. O homem sobe. Robert abre a porta no momento que o segurança chega.

-	Olá Abel. É a última viagem que lhe faço fazer. Prometo. - Robert com seu tradicional sorriso.

Abel acena com a cabeça e abre a maleta. Robert pega a faca e a admira. Por alguns instantes. O celular de Abel, o segurança, toca:

-	Agora? Não posso. Trabalhando! Eu sei! Mas não dá! Seu irmão te leva. Ele não faz nada! - Abel desliga. Está aflito.
-	O que foi isso, Abel?
-	Meu filho tá nascendo, doutor.
-	E você vai perder esse evento?
-	Patrão não me deu folga. Eu passo lá depois do expediente. - Abel nitidamente decepcionado.
-	Ah, então o irmão dela, seu cunhado, vai levá-la ao hospital?
-	Vai sim. Aquele inútil...

Robert vê uma oportunidade.

Antes tarde do que nunca. Quem espera sempre alcança. Me parem antes de eu citar Sun Tzu!

-	Eu acho que posso lhe ajudar.

Robert diz que Abel pode usar seu carro. Ele não usa muito, por isso talvez demore um pouco para pegar. Prefere usar outros meios de transporte. Com o aquecimento global e tudo... Abel aceita antes das explicações ecológicas de Robert. O segurança fala que não pode ir com a maleta e mostra a algema. Robert leva o dedo indicador à boca em sinal de silêncio. De uma de suas gavetas, tira duas hastes de metal com ranhuras e abre em milésimos de segundo.

- Pronto. - Robert sorri.

Sempre.

Abel diz que os outros seguranças vão lhe ver. Robert explica que seu carro têm as janelas escuras. Nada mais impede Abel. Que muito agradecido, sai correndo. Não antes deixar claro que volta rápido. Uma, duas horas no máximo para buscar a faca. Robert explica que ele levará mais que isso com suas análises.

- Fique tranquilo. Minha boca é um túmulo.

Frases clichê existem por um motivo, caro leitor. Quê? Não, não vou explicar o motivo!

Robert fecha o semblante e sai de casa. Mas usa os portões de serviço do prédio para não ser visto. Nem pelos seguranças à sua porta, nem por mais ninguém. A porta dos fundos leva a um beco onde ficam latas de lixo dos prédios e comércio em volta. Robert sai pela rua de trás e chama um táxi da maneira antiga: levantando a mão para algum parar.

De frente para o consultório que um dia foi de Milena, e agora pertence apenas a Sérgio, ele faz uma ligação. O local está escuro. Um telefone toca, mas ninguém atende. Ele se aproxima da estação de alarme. Com o mesmo celular, abre um aplicativo em formato antigo. Com linhas de comando ao invés de uma interface atual. Cola o celular na estação de alarme enquanto a tela passa por diversas combinações até lacrar numa sequência de números. A estação de alarme troca sua luz vermelha proibitiva por uma receptiva luz verde. Robert sorri novamente.

CAPÍTULO 37:
PROATIVO

Em sua mesa, Silas encontra um segundo laudo de necrópsia. Silas leva até seu capitão. Este lhe explica que com o marasmo de Silas, está tentando outras linhas de investigação. Quem sabe o cadáver dê mais informações que seu investigador.

Silas retorna até sua mesa e abre o laudo. Parece uma cópia do primeiro. Até chegar na parte onde "marcas distintas" que a lâmina deixou no corpo, podem identificar a arma do crime. Caso essa venha a aparecer. nenhuma faca comum deixaria marca como aquelas.

Num pulo, Silas grita que precisa de uma ordem judicial para busca e apreensão em domicílio. Munido desse documento, ele tem certeza que ligará a arma do crime à faca em posse de Robert. Circunstancial ou não, isso não é um passo, são léguas à frente de sua atual posição.

Enquanto seu capitão, um pouco admirado, faz os trâmites para a aquisição da ordem judicial, toca o celular de Silas.

É Milena. Silas está muito contente para pensar sobre a tenebrosa Milena da história de Sérgio. Nesse instante, ele quer dar apenas as boas notícias. Tenta contar que achou um jeito de pegar Robert. Mas em sua euforia, comete um deslize:

- Doutora Milena! - De "doutora", ele não esqueceu. - Ontem mesmo eu não tinha nada! Saí de uma visita ao doutor Sérgio achando uma coisa, mas agora eu tenho como...

Quando percebe que ambos estão falando ao mesmo tempo, Silas se cala.

- Você foi atrás do Sérgio pela minhas costas? O que vocês estão tramando? Eu resolvo isso sozinha. Como sempre!
- Milena, calma. Não faça nenhuma…- Quando Silas olha para a tela de seu celular, aquela conversa já acabou. Milena já desligou.

Do outro lado da ligação, Milena joga seu celular no chão. Levanta a cabeça e não tira os olhos de um ponto específico. Subitamente, sai em disparada: Atravessa a rua, passa por um enorme SUV preto e evita que a porta do prédio se feche. Não antes de sorrir para uma senhora e seus lindos Shih Tzu em coleiras.

- Obrigada. - Agradece uma cínica Milena.

A senhora sorri de volta e segue seu caminho. Uma escada de veludo vinho está à frente de Milena.

CAPÍTULO 38: CATARSE

Robert faz o caminho contrário de quando deixou sua residência. Em casa, até acelera o passo até a sala. Uma ação pouco comum para Robert. Ele abre a maleta.

- Enfim, sós! - Fala com a faca.
- Oh, oh, oh! o que é isso? - Como numa brincadeira com bebê, tira outra faca idêntica porém com cores um pouco diferente.

Aos olhos de um leigo, seriam duas facas iguais. Podiam pertencer a um jogo de facas, até.

- Você tem uma irmãzinha!

Enquanto deixa a "irmãzinha" na mesa, retira da maleta a faca de Villas Boas. Robert fecha os olhos e inala com força.

Cenas que parecem sonhos tomam conta de sua mente. Elas são de épocas diferentes, porém não surgem em ordem cronológica. Sempre vemos a faca, mas em "versões" diferentes. Num vagão de trem do século XIX, um homem é esfaqueado por trás por uma faca igual a que Robert segura; Numa sauna romana, um homem de idade avançada tem sua garganta aberta por uma faca com o punho (cabo) ainda coberto por couro. O sangue mancha sua toga; Um hominídeo é espetado no pescoço por uma lança com uma ponta feita da mesma pedra que hoje forma seu pomo (parte mais perto do corpo de quem usa a faca. Ou a "ponta do cabo"); No que parece a margem do Nilo, duas mulheres tentam chegar até a faca que lembra muito a "versão romana" da mesma. Uma consegue alcançá-la e enterra no peito da outra. As imagens aumentam de velocidade mas são interrompidas por uma campainha. Robert abre os olhos. Olha no relógio em seu punho.

Me perdi em meus... pensamentos! Abel, ou melhor, papai Abel é pontual.

Robert abre a porta. Como uma pantera, Milena avança no pescoço de Robert.

- Você matou ela! Eu sei que você matou!

Enquanto Robert tenta se desvencilhar de Milena que aparenta ter 40 braços e pernas, A mesa com as facas é derrubada. Deixando as "gêmeas" à sua própria sorte.
Na queda, Robert bate a cabeça no chão. Milena procura qualquer coisa em volta e vê as facas. Agarra uma enquanto Robert grogue, tenta saber o que está acontecendo. Milena já montada, solta um urro e desce aquela arma mirando o coração de Robert que a essa altura, consegue desviar a lâmina que acaba em sua barriga. Milena sente o fluxo de adrenalina baixar. O sangue em suas mãos e rosto fazem uma onda de endorfina invadir seu corpo. Ainda ofegante, visualiza sua presa abatida. É o fim que Milena sonhava, esperava, desejava.
Uma olhada mais cuidadosa repara que aquilo não parece um final. Para surpresa de Milena, Robert segura a faca em suas entranhas. Mas se adapta rápido. Seu rosto deixa de expressar pânico, para tomar traços de raiva. Milena imediatamente força a lâmina para dentro de Robert. A lâmina não se mexe. Agora é Milena que expressa pânico. Ela ainda usa toda sua força mas a lâmina toma sentido contrário até deixar o corpo de Robert. Um sorriso surge em Robert. O sangue em seus dentes deixa aquela cena mais aterrorizante. Robert desvia a faca para a poça de seu sangue e nocauteia uma incrédula Milena.

CAPÍTULO 39:
DIÁLOGO

Milena pensa em Akemi. Ela sente um corpo sobre o seu. Seria...? O seu lado racional sabe que não. Mas ela deixa-se enganar por alguns segundos enquanto acorda. A sensação de sonho começa a diminuir enquanto uma dor de fundo se torna lancinante assim que abre os olhos. Milena não sente sua boca. Mas seus olhos veem Robert ainda ensanguentado e com sua camisa usada como torniquete em seu tronco.

- Olá! O-í! Aqui! Desculpe pela minha péssima recepção. Eu assumo que fui tomado de surpresa pela sua visita. Eu lhe ofereceria um café Milena, mas como você já se serviu de meu sangue... - Robert aperta a boca de Milena. Ela não sente seus lábios, mas a dor em seu maxilar está presente. E o gosto metálico de sangue prova que seu paladar não foi afetado. - ... eu imagino que esteja à vontade.

Robert se volta para a faca. Parece falar com ela ao invés de Milena.

- Eu não sei porque os assassinos da TV ou do cinema dizem que a melhor parte é ver a vida esvaecendo dos olhos de suas vítimas...

Uma estocada seca. Rápida. Mais parece uma enfermeira com décadas de prática usando uma agulha. Milena não sente de imediato. Uma manobra de alguém que sabe o que está fazendo.

- A melhor parte minha cara, é o desespero! - Olhos arregalados que quase saltam do rosto. Um sorriso desconcertante que pinga sangue. A face da loucura. Esse é Robert. Que agora, encara Milena.

Milena sente seu peito apertado. Falta-lhe o ar. Um golpe duro. Impossibilitada de levar as mãos ao peito pelas pernas de Robert, resta apenas o esforço de seu pescoço para levantar a cabeça e ver o que foi aquilo.
A visão é estarrecedora: como um totem, eleva-se do peito o cabo trabalhado em madeira branca, agora vermelho. Não há necessidade de descrever o tom. Os adornos de ossos estão colados à sua pele. Dentro, só pode estar a lâmina.

- Essa aflição… a incapacidade frente a última verdade: Você. Vai. Morrer.

Seu "canto do cisne" vem em forma de uma cusparada de sangue na face de Robert. Que despenca ao lado do corpo já sem vida de Milena.

CAPÍTULO 40: RESCALDO

O barulho do evento fez com que os vizinhos chamassem a polícia. Mas o primeiro a entrar no apartamento depois de Milena, é Abel. Seguindo seu treinamento, imediatamente chama pelos companheiros que arrombavam a porta do prédio.

Abel entra e procura alguém vivo. Os olhos vidrados de Milena dão a primeira resposta. Os companheiros de Abel chegam e após um breve silêncio administrando aquela cena, cobram sobre suas ações. Um gemido seguido de uma mão erguida guiam os seguranças até Robert.

- Ele estava no banheiro. Não dá pra ouvir nada daquela tumba. - No meio da tosse e cuspidas de sangue, uma piscada de Robert para Abel parece ser sua última ação em vida de acordo com sua situação. Novos passos apressados na escada:

- Polícia! Soltem as armas! - Os seguranças colocam as armas no chão e lentamente levam as mãos à cabeça.
- Senhor, se afaste do corpo lentamente e coloque suas mãos na cabeça - Robert ao lado do corpo olha suas mãos ensanguentadas. Sente um desconforto em seu abdômen. Coloca a mão, sente dor e tira a mão. Mais sangue escorre do ferimento.
- Talvez isso não seja possível, meu caro. - Robert colapsa e cai sobre o corpo.

Silas chega após o circo. Como lhe é de praxe. Os paramédicos já atendem Robert. A perfuração milagrosamente não atingiu nenhum órgão vital. Ele será removido para o hospital. Apenas Silas reconhece um sorriso naquele caos que está o rosto de Robert. Mas Silas prefere o silêncio.

CAPÍTULO 41: PRORROGAÇÃO

Dias depois na delegacia, o perito confirma que aquela faca combina com as marcas deixadas no corpo de Carlos. Silas ouve em silêncio.

-       Você achou a arma do crime, Silas! Parabéns. - O perito dá um tapinha no ombro de Silas que responde apenas com um sorriso forçado.

Silas vai até a sala de seu capitão. Vê uma cena inusitada: o capitão simula uma entrevista para a coletiva de logo mais sobre o desfecho do crime bárbaro que abalou a opinião pública. Pelo menos até o próximo crime bárbaro:

-       "Sim, sim. Foi ela. A psicóloga Milena é a responsável. Ela tinha acesso à arma do crime. O motivo, ou motivos talvez nunca serão elucidados. Ela era uma pessoa perturbada. Entrar na mente de uma pessoa assim é difícil. Mas o importante é que essa assassina fria não poderá mais satisfazer seus instintos bestiais. Sim, eu confirmo a morte. Não, não posso elaborar sobre isso. É um caso ainda sob investigação. Mas nossa sociedade está mais segura. E é nisso que devemos nos apegar nesse momento. Muito obrigado"

Uma risada cínica tira o capitão de sua entrevista virtual.

-       O que você quer, Silas?
-       Desculpe capitão. Eu não quis interromper.
-       Não interrompeu nada. Estou me preparando para a co-

letiva de imprensa. Mídia, seja lá como chamam. - O capitão recolhe alguns papéis.

- O senhor conseguiu ler meu relatório?
- Eu achei que você não gostasse muito de escrever relatórios.
- Estava inspirado. O senhor leu?
- Claro que li. - Encara Silas.
- E?

O capitão explica que deixou naquele relatório apenas os fatos. As fantasias de Silas sobre uma arma da antiguidade envolvendo firmas suspeitas, mestres do crime disfarçados de empresários e marchands de arte envolvidos em crimes do passado não ajudam nem a polícia nem Silas. O capitão passa por Silas em direção à coletiva. Silas ainda o segue dizendo que há mais nessa história. O capitão pára, respira fundo e enumera nos dedos os fatos contra Milena:

- Ela já usou a faca em si mesma; Ela tinha acesso ao local da arma do crime; Ela sabia a senha do alarme, santo Deus! Temos o testemunho do médico dela. Silas, você resolveu o caso. Parabéns. Ela matou o namorado do médico. Caso encerrado.
- Qual motivo? - Questiona Silas.
- Vingança, ciúme, quem liga? Não vai ter julgamento. Não precisamos de motivo. A doida morreu.

Quando Silas puxa o ar achando que é sua hora de falar outra vez:

- Ah! Morreu tentando matar o ex-amante de sua ex-namorada com A MESMA faca!

Silas vê que perdeu aquela discussão. Mas não consegue deixar de espetar seu superior:

- Você me mandou fazer o meu trabalho, lembra?
- E você fez, Silas.
- Eu ainda não acabei.

O capitão precisa encerrar aquilo de uma vez. Chega bem perto do rosto de Silas e fala baixo:

- Esse caso se resolveu sozinho e você sabe disso. Você teve sorte. Nada mais! Se eu pudesse, transferiria você pra longe! Mas como transferir o herói da semana?

Aquela discussão durou o caminho todo até a entrada da delegacia. Mais um circo armado. Silas se afasta daquilo e num canto, acende um cigarro. É quando um homem com uma mala de mão o aborda. É Sérgio.

- Silas, Silas! Eu posso falar com você?

Primeiro Sérgio avisa que entrou em contato com o Conselho de Medicina e não vai ser preciso uma avaliação. Ele assumiu a culpa pelos seus atos e perdeu a licença para praticar suas atividades. Sérgio pergunta se aquilo foi culpa dele. Seria ele responsável pelas mortes das pessoas que mais amou nesse mundo?

Silas dá um longo trago enquanto pensa. Definitivamente o doutor era culpado de uma série de coisas. Mas sua culpa é legítima. O trabalho de Silas não é punir Sérgio. Mesmo que ele não consiga prender o verdadeiro culpado, não pode descontar suas frustrações no frágil doutor.

Silas explica que Milena era doente. A proximidade dos dois cegou Sérgio. Ele não deve se culpar pelos atos de terceiros. Silas já mentiu antes. Ele é bom nisso. O doutor acredita. Sérgio vai deixar a cidade. Vai viajar. Já encaminhou a venda de seus bens. Aquela mala é tudo que lhe resta de material. Sem destino, viajando leve e sem data para voltar. Querendo ser solícito, ainda avisa que resolveu o problema com a faca.

- Qual problema? - Aquele arrepio corre pela espinha de Silas mais uma vez.

Sérgio explica que alguém ligado ao caso entrou em contato sobre a retirada do objeto. Mas ele quer distância daquela maldita faca. Ele já assinou o termo de "Restituição de bem apreendido" e deixou com os responsáveis.

- Que responsáveis? - Silas está curioso.

Sérgio não tem uma resposta. Ele assinou digitalmente via email. Só quer deixar isso tudo para trás. Sérgio se despede e Silas vai direto para a sala de provas.

- Cadê as armas do crime?
- Arma, você quer dizer. - Corrige o didático policial responsável pela sala de provas.
- Tinha duas facas. Iguais, mas duas.
- Ah sim. Mas só uma era mesmo "arma do crime" a outra veio como "bem apreendido".
- E? Onde estão?
- Já levaram. Eu nunca vi esse lugar liberar tão rápido alguma coisa. Acho que o povo quer deixar isso para trás logo, não?
- Quem levou? Como era a pessoa?
- Pessoas. Advogados, na verdade. Eles não são pessoas de fato, não é? Tinha até segurança. Como se duas facas velhas fossem tão importantes... - Brinca perigosamente o policial.

Após Silas esganar o policial por cima do balcão que os separava, este conta que três advogados, cinco seguranças e um perito apresentaram todos os documentos corretos para liberação. Ele só fez o trabalho dele. Ele tinha até o nome no livro de registros: "Robert Von Shimmer".

- Eu tenho o contato deles aqui. Tá no documento.
- Fique longe dessa gente! - Brada Silas antes de sair apressado.

CAPÍTULO 42: CONVERSA

Silas chega até o prédio de Robert. Precisou estacionar longe e correr. Eles se encontram na porta. Silas esbaforido. Robert com uma tipóia no braço, leva uma maleta na outra mão.

- Posso... saber... o que... leva aí?
- Olá detetive. Você faria esse favor? - Robert mostra as chaves na mão do braço com tipóia. Silas recuperando o fôlego abre a porta.

Carpete vinho. Escadas. Robert sobe mais rápido. Silas estranha. Mesmo ele cansado, aquele homem esteve internado até dias atrás.

- Que coincidência estranha chegarmos juntos à minha casa.
- Desde que conheci você, coincidências estranhas não param de acontecer. - Silas já recuperado provoca.

Após entrarem, Robert oferece um café. Mais uma vez, Silas rejeita a oferta.

- Eu posso dar uma última olhada naquele artefato que estava analisando?
- Ah, mas que azar detetive. Ela já retornou ao proprietário.
- O Villas Boas?
- Isso mesmo. Vocês se conheceram, não?
- Só ele me dá mais arrepios que você.
- Eu não acredito que foi um elogio, mas aceito mesmo assim. - Ri Robert.

Robert coloca a maleta sobre a mesa. O apartamento já está quase igual Silas o conheceu. Se não fosse por uma enorme mancha de sangue seco. Testemunho da carnificina ali ocorrida.

- Desculpe pela situação do piso. Eu ainda não tive tempo de trocá-lo.

Silas lembra do corpo de Milena e do sorriso de Robert. Mas engole qualquer sentimento para não alimentar Robert. Finge que não vê e muda de assunto.

- O que é isso, se não a faca? - Quer saber Silas. Robert abre a maleta.
- Esta é uma faca. Mas não "a" faca. Como recompensa por meus esforços, ele me deixou a réplica.
- Você trabalhou por uma falsificação?
- Réplica, detetive. O dono abriu mão da posse devido aos trágicos acontecimentos.
- Eu ouvi dizer...

Robert explica que o senhor Villas Boas pagou o combinado pela análise do artefato. Ficou muito satisfeito com a valor atribuído e reconhecido no mercado. Porém, não ficou muito contente quando foi obrigado a ceder seu mais novo bem à polícia. Robert acelerou o processo de devolução. A réplica é recompensa por tais esforços.
Silas raciocina com Robert que ele, e apenas ele, poderia diferenciar a verdadeira da falsa na retirada. Robert concorda e se adianta:

- O detetive não está insinuando que eu faria uma troca? Está?

Robert prega que não seria muito inteligente tentar ludibriar alguém como Villas Boas. Caso tivesse feito tal coisa, os seguranças de Villas Boas certamente o procurariam para "uma conversa". O que Silas é forçado a concordar. Mas o que ele queria mesmo é dar mais uma olhada em Robert. Afinal, ele se livrou de uma acusação de assassinato cometendo um.

- Legítima defesa. - Solta Robert.
- O que disse? - Seria capaz aquele ser sinistro ler mentes? Pensa Silas.

No caso hipotético de uma troca e uma visita dos homens de Villas Boas, Robert alegaria legítima defesa. Como no caso da psicóloga que o atacou. Silas destaca que uma menina com uma faca é diferente de homens treinados com nove milímetros.

- Detetive, o perigo não está no corpo que exerce a ação. E sim nos objetivos dentro de alguém. A motivação é tudo. O corpo é apenas a ferramenta.

Uma mãe levanta um carro para tirar sua cria do perigo. Um avô luta com uma anaconda para salvar seu neto. São exemplos do que Robert está falando. Silas não tem tanta certeza disso.

- Por falar em motivos detetive, eu peço desculpas, mas ainda não sei o dessa visita.

Silas não tem uma resposta para isso. Mas inventa uma bem rápido.

- Eu precisava checar como o senhor estava.
- Quanto zelo de sua parte. Parece que aquela distância profissional diminuiu não?
- Em nome da polícia. Vou ser honesto com você: meu capitão quer ter certeza que o senhor não vai processar o estado por deixarmos uma menina quase te matar.
- Ah, mas é claro. Podem ficar tranquilos. Eu ainda estimo muito a sua instituição.

Silas se despede de um eterno sorridente Robert.

Silas segue para casa. É hora de descansar. Esse caso nunca vai acabar. Ele irá remoer isso por bons anos. Começando agora mesmo. Seus passos. Seus pontos cegos. Robert. Esse nome dará pesadelos. Milena. Pobre Milena. Teria Sérgio um cúmplice no descaso com Milena? A reaproximação de sua família teria dividido seu foco? Não ele não pode culpar a família. Pelo menos não de novo. Silas tenta uma coisa nova: não vai se punir. Pelo menos por enquanto. Ele estaciona o carro. Precisa deixar o trabalho no trabalho. O trabalho não pode ser sua vida. Ele abre a porta. Larissa desce a escada:

- Mãe! Pai chegou!

É hora de descansar. Esta é sua vida. Fecha a porta. Silas está em casa.

EPÍLOGO

Robert tranca a porta atrás de Silas. Olha uma última vez para a faca antes de fechar a maleta. Vai até o banheiro e pára em frente ao espelho.

É... eu sei. Mas eu avisei que isso não terminaria como vocês esperavam. E olha que eles pegaram o bandido! Aquela maluca tentou me matar! Tudo bem, eles não pegaram TODOS os bandidos. Mas não foi a primeira e nem será a última.

Vocês humanos sempre precisam de um final. Do príncipe ficar com a princesa, do policial pegar o bandido. Eu vivi suficiente pra lhes dizer que não. Isso não é comum. É necessário. Eu concordo. O mundo é um lugar cruel! Boas histórias revigoram nossa esperança!

Mas quando você existe... sim, existe. Eu não nasci. Eu estava. E eu estou.

Já me chamaram de deus. Não Deus, um deus. Minúscula. Já me chamaram de amigo. Sim, amigo. Já me chamaram de conselheiro, vice, primeiro, entre outras coisas. Já tive nomes. Muitos nomes. Alguns vocês nem conseguiriam dizer hoje em dia. Eram mais grunhidos de seres anteriores a vocês. A humanidade tem trezentos e cinquenta mil anos. Vocês são bebês. O homo sapiens sapiens... isso é risível, vocês se deram o mesmo título duas vezes! "Homem que sabe sabe" seria uma tradução literal.

Mas voltando aos nomes, alguns vocês devem reconhecer: Rasputin, Brutus, Francisco Fernando, Amon, Enlil... a lista é vasta. Eu estive em todos os continentes. Rodínia, Panótia, mas vocês acham bem velho mesmo é a Pangéia. Mesmo sendo o mais novo desses três.

Eu estava aqui antes de existir um "aqui". Do aglomerado de rochas. Da poça proteica, aos micróbios. Pulemos aos dinossauros e finalmente vocês. Humanos. Eu acredito na evolução. Eu vi acontecer. E foi assim que chamaram minha atenção. Eu não tinha noção de bem e mal até conhecê-los. Obrigado por isso!

A morte é natural. Cadeia alimentar, ciclo da vida, essas coisas. Mas quando vocês inventaram o assassinato, aí sim ficou interessante. Esposas, esposos, herdeiros, terras, títulos, inimigos, ideais e final- mente celulares. Vocês matam por qualquer coisa! Mas tentam se poli- ciar. Isso é nobre. Seus valores são tão sólidos perto da frágil carne que é feita seu corpo. Seus cérebros imaginam o impossível.

Mas assassinato foi o que me pegou. Como a melhor droga que você já experimentou na vida. Morfina, fritura, açúcar, seja qual for a sua. A diferença para vocês é que não morro. Eu pulo. Eu nem sempre me dou bem, que fique claro. Lembra do Rasputin? Eu estou divagando. Vamos para o "como funciona"?

Eu existo. Eu não tenho forma. Num filme de 1900 eu seria fu- maça. Nos anos 60 purpurina, nos anos 90 uma gosma sem definição e hoje eu seria um aglomerado de partículas gosmenta ultra-definida.

Porém, eu não interajo com nada. Até fantasmas derrubam coi- sas! Eu não. Eu não sou feito de matéria. Eu só podia observar. Podia. Até que alguma coisa dentro da massa cinzenta de vocês me atraiu. Não como assassinato. Literalmente me atraiu. Como um imã. Eu ima- gino que seja a tal da sapiência. Confesso que demorei a perceber como funcionava. Fiquei preso a algumas pessoas, o que não foi nada diver- tido. Rezando para alguém cometer assassinato ou uma doença matar meu... digamos, hospedeiro. Uma vez dentro de alguém, aprendi sobre a química que rege seu cérebro. E com anos e anos e muito mais anos de prática, eu guio vocês como um bom piloto guia um carro. Infelizmente para vocês, tornam-se passageiros nesse carro. Ou seu corpo, como queiram.

Mas eu sou gentil! Não levo vocês como bebês presos numa cadeirinha lá atrás. Bom, não numa cadeirinha... Mas vocês ainda podem assistir!

Será que estou na sua cabeça? Não. Não é assim que funciona. Você saberia muito bem se eu estivesse. Pergunte ao Robert!

Estamos numa sala sem portas. Robert está amordaçado e acorrentado pelas mãos e pés. Ele se debate e urra, mas não consegue se livrar. Ele também não se machuca mesmo com ferro das correntes apertando seus membros. Ele vê duas janelas gigantes posicionadas uma à esquerda e uma à direita. Avançamos para fora dessas janelas. São os olhos de Robert olhando o espelho. Robert leva o dedo indicador até seus lábios:

Xiiiiiiiiiu, Robert. Não seja mal educado. Eu estou conversando. Hoje me chamam de demônio. Para os mais chegados, Yenu'k. Prazer!

FIM

Silas retornará. *E eu também.*

---

[1] uma palavra de segurança é uma palavra de código, série de palavras de código ou outro sinal usado por uma pessoa para comunicar seu estado físico ou emocional, geralmente ao se aproximar ou cruzar um limite físico, emocional ou moral.

SOBRE O AUTOR

Augusto Dalla Verde

Roteirista de "Crias de Dulcina", drama adolescente atualmente na grade da TV Cultura, roteirista da animação infantil educativa "Fabulosas Coleções de Seu Gonçalo" da TV Escola. Estreia agora como escritor.

www.ingramcontent.com/pod-product-compliance
Lightning Source LLC
Chambersburg PA
CBHW062221150726
47991CB00006B/2372